半睡

佐々木敦

書肆侃侃房

半睡

眠れ。眠れ。眠れ。眠れ。
さめてはかない仮の世に
ねてくらすほどの快楽はない。
さめてはならぬ。さめてはならぬ。

きくこともなく、みることもなく、
人の得意も、失態も空ふく風、
うつりゆくものの哀れさも背《そがひ》に
盲目のごとく、眠るべし。

それこそ、『時』の上なきつかひて、
手も、足も、すべて眠りの槽のなか、
大いなる無知、痴れたごとく、
生死も問はず、四大もなく、

ふせげ。めざめの床のうへ、
眠りの戸口におしよせて、
光りとともにみだれ入る、
世の鬼どもをゆるすまい。

金子光晴「冬眠」

一日目

長い間、わたしはずいぶんと早寝をしたものだった。

夜型が多い職業の人間には珍しく、日が変わらないうちにそそくさとベッドに入ってしまう。就寝用の本の続きを読みかけてはみるものの、さあ寝ようと思う間もなく睡魔に襲われ、時には電灯も消さないうちに睡りこけていたりする。思わず知らず自分が寝落ちしてしまっていたことに気づき、その途端に目が覚める。あ、寝てた。ああ、寝よう。ああ、寝なくては。だが、そうなるとどうしてか、もうぜんぜん、睡れないのだった。最後にはなんとか睡りに入ることができるのだが、目が冴えてしまったというわけでもないのに、ぼんやりとした意識のまま、時間だけがゆらゆらと流れてゆく。

早寝の理由は、このごく短時間の、おおよそ数十秒から数分程度の睡りのあとにやってくる、日によっては数時間にも及ぶ不眠への対策だった。毎夜、いつになったら睡れるのかわからないので、最低限の睡眠時間を確保するために、だんだんと先回りをして早く床に就くようになってしまったのだ。最初に寝落ちする前、今にも睡り込みそうになりながらも、いや、すでに半分睡りながらも、わたしはそのとき読んでいた書物について、あれこれ考えをめぐらせている。だが、それなりに筋道を立てて考えていたはずのことどもは、無意識のうちにあっけなくほどけ出し、わたしの頭を超え出ていって、部屋の中ぜんたいに広がり、わたしのからだを丸ごとやんわりと包み込んで、睡りへと誘い込む。まるでわたしは本と合体して、その一部になってしまったかのようだ。

だがそれは長くは続かない。わたしはとつぜん、自分が目覚めたことに、目覚めていることに、睡ってなどいないことに気づく。書物との一体感はまだ残っている。ほんの一瞬前まで視界を隠していた、まるで本の見開きの頁のような両瞼が、まだ瞳を覆っているような心持ちがして、いつのまにか電灯が消されていることに気づかない。真っ暗になっている。ほとんど自分のからだそのもののようだった本の感触は、波が引いていったみたいにすっかり消えている。そして、睡れなくなるのだ。

こんなものを書き出してみようと思い立ったのは、まちがいなく昨夜の対談のせいだ。都内の小洒落た街の駅近くにある大型書店の地下、イベントスペースを兼ねているカフェで、三十人ほどの熱心な聴衆に囲まれた老作家は、わたしを聞き手に大いに語った。彼は終始、意気揚々としていた。二度の大きな手術を必要とする、何百人かに一人の確率で全身麻酔から戻ってこれなくなることもあるという厄介な病いから無事に恢復したあと、それ以前とは異なる仕事へと舵を切ってみせ、わたしを含む長年のファンを驚愕させた彼は、まるで新しい人間に生まれ変わったかのように見えた。

実際、昨日は彼の誕生日だったのだ。トークの最中にいきなり照明が落とされ、出版社と書店が用意したバースデーケーキが運ばれてくると、老作家は上機嫌で、今日で自分は十七歳になったと、お得意の冗談を飛ばした。まだセヴンティーンだ。青二才と言ってもいい。成人するまでにやりたいことが沢山ある。若輩者ですが今後ともよろしく。聴衆は大受けだった。

老作家と書いたが、誰もが知るように、彼はほんの数ヶ月前までは老翻訳家であり、老教授でもあった。大病からどうにか還ってきた彼は、三桁に及ぶ訳本を持つ、長く充実した翻訳家としてのキャリアと、ドイツ文学の重鎮である大学教授の身分を放棄して、もう今後は他人が書いたものを訳すことは一切やらない、大学で教えることも辞める、これからは小説を書く、小説家になるのだと自らのホームページ上のブログで高らかに宣言したのだった。そしてその言葉の通り、退院後わずか三ヶ月あまりで、彼のはじめての小説が書き下ろしで発表された。『フォー・スリープレス・ナイト』というその小説は、その鮮やかな転身の話題性もあって、ちょっとしたベストセラーになった。

いや、『フォー・スリープレス・ナイト』が売れたのは、そのせいばかりではない。要するにそれは面白かったのだ。一種の青春小説であり、恋愛小説でもあり、遠く過ぎ去った或る時代の空気を濃密に湛えており、サスペンスの要素も、謎解きの要素も入っていて、それでいて文学としての芳香も放っている。つまりそれは、専門のドイツ語のみならず英語やフランス語、スペイン語など多言語の翻訳も手掛け、前衛的、実験的な文学を中軸に置きつつも、SFやミステリ、ファンタジー、児童文学など多彩なジャンルの異色作、問題作を次々と発掘、発見してきては流麗な日本語に移し替え、話題の新人作家の本邦初訳（彼が訳すことによって「話題」になった作家も少なくない）から古典新訳までじつに幅広く活躍してきた人気翻訳家としての彼の経験と知見を総動員したような小説であり、と同時に彼の仕事をよく知っている者にとっても意外性と新鮮味に溢れた仕上がりだったのだ。

昨日は書店側が企画した連続トークの一環で、日替わりで一週間続くイベントの三日目だった。日本でもっとも権威と効力のある文学賞の発表からさほど時間が経っていないこともあり、小さなカフェは満員だった。老作家――ここからは頭文字を取ってY・Yと呼ぶことにしよう――と会ったのは彼が入院する前の或る映画の試写会以来だったから、二年以上経っていたことになる。歳は三十も離れているが、われわれはよく似ているとＹ・Ｙは言った。軽妙洒脱な、だが唐突に意地の悪い鋭さを発揮することも多い喋りに定評がある彼は、持ち前のサービス精神を発揮して終始対談をリードしていた。真意のはかりかねる彼の断定を、肯定するべきなのか、そんなことないですよと謙遜してみせたほうがいいのか、すぐには判断できず、わたしは曖昧に笑うしかなかったが、彼は重ねて、われわれは幾つもの点でとてもよく似ているのだと言って、わたしの顔をじっと見据えた。

わたしは彼から視線を外し、水をひと口呑んでから、ごく自然に見えるように話題を変えて、ところで『フォー・スリープレス・ナイト』はどのようにして書かれたのですか、と彼に尋ねた。小説の刊行後に発表されたエッセイやインタビューなどによって、わたしも聴衆の大半もすでに知っていたことを、Ｙ・Ｙはおもむろに語り出した。彼はまずドイツ語で『Für schlaflose Nacht』という小説を書き上げた。次いでそれを自ら英語へと翻訳した。その『For Sleepless Night』を更に日本語に訳すことで得られたのが『フォー・スリープレス・ナイト』なのだった。

どうしてそのような、どう考えてもおそろしく面倒な作業を経ねばならなかったのかとインタビュアーに問われたＹ・Ｙは、それはぜんぜん違う、自分としてはまったくの初体験であった小説というものを書くのにもっとも近道の方法が、このやり方だったのだ、と答えていたが、昨日はもう少し詳しい説明をした。近づくことで遠ざけるのだ、と彼は言った。そしてそれは、遠ざかることで接近する、と言っても同じことだ、とも。謎かけのような彼の口ぶりには慣れているので、わたしはそのまま黙っていた。すると案の定、彼はこう続けた。日本語とドイツ語の、どちらが真の意味で自分にとって身近な言語なのか、今となってはもうよくわからないのだ。頭の中でさえ、自分が自分に話しているのが日本語なのかドイツ語なのか判別できない。はじめての小説を書いてみようとしたとき、自分が何を書きたいのか、何を書こうとしているのか、何を書くべきなのかは最初からわかっていた。だが、どんな言葉でそれを表したらいいのかが、どうにもわからなかった。どんな、というのは、日本語かドイツ語か、ということではない。日本語でもドイツ語でも、英語でも書ける。問題は距離の設定、いや捏造なのだ、とY・Yは言った。最初は当然のように日本語で書き始めてみたものの、すぐにうまくいかないことに気づいた。自分では何がよくないのかわからないまま書き進められなくなった。しばらく悩んでから、ふと思いついて同じ内容をドイツ語で書いてみた。すると言葉はするすると流れ出て、なんと最後まで書き終えることができたのだった。

それからY・Yはドイツ語の『Für schlaflose Nacht』を日本語にしようとしたが、またもや壁に突き当たった。何か（その「何か」が何なのかは自分でもはっきりしなかったが）が適切ではないと彼は感じた。そこでドイツ語から英語に自分なりに完璧に翻訳して、それから英語を日本語へと移し替えてみた。そうすることでようやく満足のいく日本語の小説を完成できたのだった。だがこれは必ずしも日本語からいったん遠ざかって異なる言語で書くことが功を奏したわけではないし、単純にドイツ語のほうが書き易かったということでもない。『Für schlaflose Nacht』と『For Sleepless Night』と『フォー・スリープレス・ナイト』は、書かれた順序はあるものの、どれがオリジナルということでもない。いうなれば三つとも自分がもともと書こうとしていた小説――この世には存在していない「原・小説」――のコピーなのであり、たまたまこの妙なやり方でうまくいった、ということでしかない（だから今、二作目に難渋してるんだよと老作家は笑った）。しかしそれでも、自分の初の小説として世に出されたのは、あくまでも日本語で書かれた『フォー・スリープレス・ナイト』なのであり、ドイツ語版と英語版は出版するつもりはない、とY・Yは語った。

「眠れぬ夜は堪えがたい殃禍である。健者であろうが病者であろうが、ひとはそれを懼れる」。『フォー・スリープレス・ナイト』は、こんな書き出しで始まる。語り手の「私」が目覚めると、そこは病室らしき白く広い部屋であり、見覚えのない年老いた女が自分の手を握っている。その後ろから女よりも若い白衣の男が「私」に穏やかに声を掛ける。お目覚めになりましたか、不思議な偶然ですが、今日はあなたの誕生日です。自分は何歳になったのかと「私」は訊ねる。男は「八十八歳ですよ」と微笑みながら答える。「私」は愕然とするが、なぜ自分が驚いているのかわからない。気づくと女が泣いている。笑っているのかもしれない。医師が生真面目な口調で説明を始める。あなたはもう長らく寝たきりの状態で、意識もほとんど無いようなのだが、時々、こうして不意に眠りから戻ってきて、しばらくの間、私どもと話をする。この束の間の覚醒はすでに何度も起きているのだが、それでわかったことは、あなたは目覚めるたびに前に目覚めていたときのことを完全に忘れている。どうやら睡るたびに記憶がリセットされてしまうらしい。どうですか、この前に起きたときのことを何か覚えていますか?

医師の言うとおり「私」には何も思い出せない。そもそも目の前の女が誰なのかもわからない。しかしそれは訊いてはならないことのような気がして「私」は黙っている。壁に付いた時計の秒針が一巡りするのを待ってから、目覚めているとき自分は何をしているのか、と尋ねてみると、医師は「特に何もしていません」と答える。覚醒の時間は、数時間から一日近く続くこともある。もちろん手は尽くしているが、目覚めたときと同じように、あなたはとつぜん、やがてふたたび睡眠へと戻っていってしまう。今回もおそらくそうなるだろう。だからこのような説明をするのは、次に目覚めたときに、このことを覚えているかどうかを確認するためなのです。そう聞いても「私」には何の感慨も湧いてこない。ただ、とにかく今のところはぜんぜん睡くない。よく睡ったあとの爽やかな朝のようだ。

そして、いきなり「私」は、はるか昔の出来事を思い出す。自分が八十八歳だというのなら、それは今から六十六年も昔の、つまり「私」がまだ二十二歳だった頃の、或る一日、いや或る一晩の出来事だ。「私」は、その夜に何があったのか、思わぬ顚末で一晩中起きている羽目になったあの夜に、何がほんとうに起こったのかを、必死で思い出そうとする。何故だかそれが、どうしても今すぐにしなくてはならないことのような気がする。あの夜はとにかく大変だった。一睡もできなかった。あれは、その頃「私」が住んでいた下宿に、ひとりの友人が息を切らして現れたことから始まったのだった。

『フォー・スリープレス・ナイト』は、八十八歳の寝たきりの「私」が、六十六年前の二十二歳のときに経験した一夜を回想する、という物語である。携帯電話などない時代のことなので、助けが必要になった友人は、とにかく「私」の部屋まで急いで駆けて来るしかなかったのだ。彼は自分の恋人がとつぜんいなくなったので一緒に探してほしいと「私」に懇願する。彼女は今とても危ういんだ、朝までに見つけないと、自分で自分をどうにかしてしまうかもしれない。「私」

は彼女ともごく親しい友人と呼んでいい間柄なので、当然のごとく友人の依頼を承諾する。こうして二人の青年による一晩の必死の捜索行が始まる。だが、先に結末を述べてしまえば、あちこちを奔走したあげく、翌朝になって二人は彼女が自死しているのを見つけることになる。アンハッピーエンド。

トークの終わりには質疑応答の時間が設けられていた。大学院生らしい若い女性の客が、ドイツ語版や英語版はほんとうに出版されないのでしょうか、先生のようなキャリアをお持ちなら、それぞれの国のしかるべき版元から出すことだってじゅうぶんに可能だと思うのですが。せめて何らかの方法で公表されるつもりはありませんか、あの、ぜひ読みたいので、といってもドイツ語は読めないのですが、と最後のほうは幾分恥ずかしげに言って他の客のおおらかな笑いを誘い出すと、Y・Yも笑みを浮かべて、たとえドイツ語が読めたとしても貴方の読後の印象は日本語とまったく変わらないはずですよ、そのように書きましたから、と答えた。しかしですね、すでに読まれた方はご承知のように、あの小説は場所の描写が意図的に朧げにしてあって、もちろん多くの読者は東京が舞台だと思うのでしょうが、書かれてあることはほぼそのままなのに、ドイツ語で読むとドイツでの物語のように思えるし、英語で読むと合衆国の話だと思ってしまうように書いてあるのです。つまりは、どこでもよかったんでしょうね、きっと（笑）。僕にとっては、どこなのか、よりも、いつなのか、のほうが、はるかに重要なことだったのです。

次いで中年の男性客が、あの小説を読めば誰もが知りたくなるものの、けっして書いた本人に面と向かって問うことはない質問、問うたら自分の軽薄さを披瀝することになってしまう質問を老作家、Y・Yにぶつけた。『フォー・スリープレス・ナイト』の物語は、あなたの実体験に基づいているのですか？　わたしは思わずひやりとした。しかしY・Yは憮然とすることはなく、少しだけ真顔になって答えた。あの小説は完全なるフィクションで、僕の過去の経験とはまったく関係はありません。しかしそれでも当然のことながらフィクションは、しばしば思いも寄らぬ仕方で真実を照らし出します。小説の中で起こることには何ひとつとして現実と無関係なものはありません。実際のところ、『フォー・スリープレス・ナイト』のヒロインにはモデルがいるのです。しかしその女性は、六〇年代の半ばに亡くなったのではなく、僕がこの小説を書こうと思い立つ直前に、この世を去ったのです。そう、およそ一年前のことです。このことは今、はじめて人前で話しました。

わたしはかなり驚いていた。動揺していたと言ってもいい。それは聴衆も同様だったろう。確かにそのことは、それまで一度も語られたことはなかった。Y・Yは続けた。もちろん小説のような出来事が実際にあったということではないですよ。さっきも言ったように、あれは完全なるフィクションなのだから。だからモデルというのは言い過ぎだったかもしれない。ただ、一時期は自分の教え子だったこともある女性のあまりにも早すぎる死を偶然知ったことが、僕が『フォー・スリープレス・ナイト』という小説を執筆した直接的な動機のひとつであったことは間違いない。とはいえ小説には彼女自身に由来することは何も書かれてはいない、むしろそのようなことにはならないよう、じゅうぶんに配慮したつもりだ。しかしそれでも、どこかで追悼のような気持ちがあったことは自分でも否定しようがない。いや、他人の現実の死をフィクションのスターターにしてしまったのだから、追悼などという言い草は都合のいい屁理屈でしかないのかもしれない。むしろ恥じ入るべきことなのかもしれない。おかしいな、こんな話をするつもりではなかったんだが。老作家は奇妙な微苦笑を浮かべて沈黙し、この話題を自ら打ち切った。しかし、その場に居合わせたＹ・Ｙのファン、『フォー・スリープレス・ナイト』の愛読者たちは、思いがけない話が聞けて満足だったことだろう。

わたしはといえば、しかしそのとき、思いがけないＹ・Ｙの告白に、聴衆と同様、少なからず衝撃を受けながらも、それと同時に、彼は嘘を言っていると考えていた。嘘が言い過ぎならば、彼には口にしていないことがあると、彼は肝心なことを話していないと思っていた。Ｙ・Ｙには二度の結婚歴があり、一度目は彼が東京大学の学部生だったときで、二度目はそれからずいぶん長い時が経った、彼が五十代の半ばを過ぎてからのことで、しかし現在はいつからか独り身だということを、わたしはどこかで聞き及んでいた。新聞や雑誌にしばしば顔写真入りで登場するような文化人にしては、Y・Yはかなり徹底して自らのプライバシーを秘匿するタイプであり、これまで家族のことが記事になったのをわたしは読んだことがなかった。子供はいないと思うが、本当のところはわからない。ともあれY・Yは、およそ醜聞のたぐいとは無縁の人物であって、彼のような経歴や立場であれば、真偽にかかわらずひとつやふたつ出たことがあっても不思議ではないような色恋絡みの噂も、わたしは耳にしたことがなかった。しかしそれでも、わたしは彼の言う「一時期は自分の教え子だったこともある」という女性が、ただそれだけの存在であったはずがないだろうと思っていた。このときはまだその女性が誰なのかを知らなかったし、具体的な証拠があったわけではないが、わたしにはそう考える理由があったのだ。

Y・Yは二年前のちょうど今ごろに地方での講演中に倒れ、近隣の大病院に緊急搬送された。緑寿を祝われてすぐのことだった（『フォー・スリープレス・ナイト』の語り手が六十六年前を回想するのは明らかにこの事実が関係していると思われる。Y・Yは初期の幾つかの「訳者あとがき」において、こういう他愛ない数遊びのような解釈をしばしば披露していた）。そのまま入院し、程なく勤務先に近い大学病院に転院して手術を受けることとなった。手術は成功したものの、検査の過程で、より重篤な別の病いが見つかり、そちらの手術に耐えうる体調になるまでには時間が必要だった。入院は結局、一年以上に及んだ。去年の今時分、僕は病室のベッドに縛り付けられて、毎日毎日、日がな一日寝たり起きたりを繰り返していた。テレビを観ることはできたが、ニュースを見ても悲しくなるだけなので、次第に消したままになった。やがて退院の日程を知らされたとき、これまで積み上げてきた全部を放り出して小説家に転向するという革命的なアイデアが、とつぜん向こうからやってきたのだとY・Yは語った。それは当然ながら、一度は死にかかったことに深く関係していると思うね、いわばこれは二度目の生なんだ。いやむしろ僕は、今もなんだか、半分生きてて半分生きてないみたいな気がすることがある。半分死んでて半分死んでないみたいな。そう言って彼はまたわたしを凝視した。

トークの打ち上げは書店の裏手にあるカジュアルなイタリア料理店で行なわれた。編集者三人とY・Y、そしてわたしだけのささやかな宴だったが、老作家はまだ客前が続いているかのように饒舌だった。わたしたちはあらためて彼に誕生祝いを述べて乾杯した。Y・Yは病気のせいで長らく控えていたが最近になって解禁したというワインの杯を重ね、いくぶん酔ったように見えた。三本目のボトルが空き、メインの豚肉料理が運ばれてきたときには、『フォー・スリープレス・ナイト』の担当編集の女性は少し心配げだった。やがてY・Yは、小説の「モデル」の女性の話を蒸し返した。あんなことを場所柄もわきまえずに言ってしまったのは、もうすぐ彼女の命日が来るからだよ。あれからもう一年になるなんて。彼は最初、その女性をイニシャルで呼んでいたが、やがてアルコールが回ったのか、フルネームを口にした。

時間が停止したような気がした。

すこぶる才能がある子だった、聡明な女性だった、あんな遠くでひとりで逝ってしまって。まだ老作家はいかにも残念そうに語っていた。いや、この場合は元翻訳家の元教授というべきかもしれない。わたしはテーブルで向かい合ったY・Yの後方、往来に面した大きな窓ガラスの向こうを、先ほど質問をした女性が通り過ぎるのを目撃した。書店の紙袋を下げている。こちらには気づかなかったようだ。ここいら辺を歩いているのは女ばかりだな、とわたしは漠然と考えた。視線を戻すと、淡い照明の下でY・Yの顔は赤黒く輝いていた。どうも今夜はちょっと飲み過ぎてしまったみたいだな。やっぱり昔のようなわけにはいかないね。でも君も相変わらずやたらと酒が強いじゃないか。僕よりずっと飲んでるのにぜんぜん顔に出ないし、そんな風に平然としやがって。

タクシーで帰宅したのは、日が変わってだいぶ経ってからだった。確かにわたしはアルコールをそうとうな量摂取しても顔や態度に出ることはほとんどない。だが自分では外見からはたぶんまったくわからない酒による身体と精神への影響をもちろん把握していて、昨日はやや度を超してしまったと自覚していた。今夜はもう頭がまわらないだろうから早めに寝てしまおう。そう思ってベッドに入って、そして、睡れなくなった。かなり久しぶりの不眠が忍び寄る感触に、わたしは戸惑いを感じた。わたしは宴が終わったあと、帰りがけの二つのシーンを脳内で再生した。店を出る直前、わたしは去年の夏にもそこに来たことを不意に思い出した。

そのときも仕事絡みだったのだが、わたしは座っていた席にパナマ帽を忘れたのだった。翌日になってから気づき電話を掛けて確認してみると、ちゃんと店で預かってくれているという。じゃあ近々取りに行くからと伝えて、そのまますっかり忘れてしまい、半年以上が過ぎていたのだった。ホール係の男性に聞いてみると、しばらくお待ちくださいと言ってレジの奥に入っていき、すぐに戻ってきた彼は、お客様、大変申し訳ございませんが、すでにお帽子はお引き取りに来られたようです、と慇懃な口調で述べた。え、そうですか、そんなはずはないんだが、と言ってはみたが、とにかく無いものは無いのだから、ここで言い募っても店にもY・Yたちにも面倒をかけるだけだ。わたしは素直に引き下がり、怪訝な気持ちを抱いたままタクシーに乗った。しかし自宅に戻って探してみると、確かにパナマ帽は衣裳戸棚の奥にあったのだ。いつ取りに行ったのだろう。どうしても思い出せなかった。思ったよりも酔っぱらっていて記憶が混乱したのか。これが睡れなくなる前兆だったのかもしれない。

もうひとつは、先発のタクシーに担当編集者と乗り込んだY・Yに別れの一言を述べたときのことだ。さすがに気勢を上げ過ぎたとでも思ったのか、老作家は妙に悄然として見えた。こちらこそ今日はありがとう、もっと君のことを話すべきだったのに気を遣われてしまったな、と彼は先刻とは違いわたしと目を合わせずに小声で礼を述べた。わたしは早口で言った。今日何度も話されていた『フォー・スリープレス・ナイト』のモデルの女性、亡くなったという女性のことですが。ああ、うん、はい。老作家は彼女の名前を口にした。先ほどは言いませんでしたが、ぼくもそのひとのことを知っていました。でもYさんの教え子だったということはさっきはじめて知りました。ああ、そう、そうなの、と彼はさほど関心のなさそうな様子で応じたが、表情には明らかな当惑が浮かんでいた。Y・Yとわたしは一瞬、見つめ合った。いきなりタクシーのドアが閉まり、老作家を乗せた車は走り去った。

ただ単に睡れなくなる、というよりも、ああ、どうやらこれは睡れなくなりそうだぞ、という予感、かつて何度となく体験した、微かな、だがまぎれもない興奮を伴った奇妙に蠱惑的な確信にふと気づくことによって、むしろそのせいで実際に睡れなくなるというのが、わたしの不眠の基本パターンだった。不眠の記憶が不眠への期待にすり替わり、現に不眠を惹き起こすという不可思議な感覚。わたしは、不眠というもの、睡れない、ということについて考え始めた。しかしそれは明確なかたちを取ることはなく、互いにうねうねと絡み合う、しかし融け合ってしまうことはない幾筋もの細く長い糸が放射状に広がっていくようにして、わたしの睡れぬ頭の中を占拠し、甘い痺れのような刺激をからだ中にもたらした。だが、それはけっして快感というわけではなかった。わたしは睡りたかったし、睡らなくてはならなかった。だが睡れなかった。睡りについて考えれば考えるほど睡れなくなるということを、わたしはよく知っていた。それでも考えないわけにはいかなかった。だからますます睡れなくなった。睡ることをいったん諦めなければ、睡れないでいることをひとたび忘れなくては、けっして睡れはしないのだということを、わたしはよくわかっていた。

結局、朝までまんじりともしなかった。とはいえ一睡もできなかったわけではないだろう。たぶん幾らかは睡ったのではないか。明け方、誰かの声が聞こえた気がして目が覚めたのだから、わたしは確かに睡っていたはずだ。

そのあとはずっと起きていて、昨夜の一部始終を何度も反芻した。そこから更に記憶を遡って、わたしは不眠と自分のこれまでの人生のかかわりを回想し、それはやがてひとつの決心のようなものを形作っていった。

そして、わたしはこれを書き始めることにしたのだ。

二日目

最初の不眠は、小学五年生のときに訪れた。

幼いころから、わたしは誰に対しても非常に愛想良く接する子供だった。外で遊ぶよりも家の中で本を読んでいるほうを好んでいたわりには、友だちも多かったし、先生たちの覚えも良かった。もっとも小学二年生ぐらいまでは授業中に指されてもいないのに急に立ち上がって勝手に話し出してしまう、今の言葉でいえばＡＤＨＤのような児童だったらしい。自分ではまったく覚えていないのだが。次第に多動は収まっていったというが、代わりに「良い子」へとわたしは変身していった。要するにそれは子供なりに社会性を身につけたということであり、他人の顔色を窺うとまでは言わないが、相手の気持ちを先回りしてその場を和らげる、いわゆる「空気を読む」ことに長けた、つまりは嫌な餓鬼だったということになるだろう。しかしわたしの良い子ぶりはけっして演技ではなかった。にこにこしながら心の中では舌を出していたのでも、ほんとうは苛々していたのでもなく、わたしはごく自然にそのような対人姿勢を獲得していったのだ。それは大人になってからも変わることはなく、わたしがこれまで特にこれといった挫折やトラブルもなく生きてこれたことに多少とも役立っているのではないかとも思う。他のあらゆる点では社会常識を著しく欠いた人間であるわたしが、それなりにうまくやってきたのは、この一種のテレパシー能力のおかげだと思わないでもない。実際、わたしは今も時どき、目の前の他人の内なる声が聞こえてくるような気がすることがある。

睡れなくなったのに何かはっきりとした原因があったとは思えない。良い子としての振る舞いがじつは精神に負荷をかけており、その過重が不眠となって現れたと考えることもできるかもしれないが、それにしては前兆がまるでなかった。ただ或る夜とつぜん、いつまで経っても睡くならなくなった。小学生の不眠症がどの程度珍しいのかは知らないが、生まれてはじめての経験にわたしはかなりショックを受けていた。なにしろどうして睡れないのかぜんぜんわからないのだ。当然ながらどうしたら睡れるのかもわからない。明け方、わたしは絶望的な気分になっていた。きっと今後もう二度と睡ることはできないだろう。これからはずっと起きていて、そしてそんなことは人間には、いやどんな動物にだって不可能だから、やがて頭がおかしくなるか、からだが限界を超えて死んでしまうに違いない、わたしは泣きながら隣室に向かって叫び、驚いて襖を開けた母親に、睡れなかった、どうしても睡れなかった、と涙ながらに訴えた。わたしの魂の叫びを聞くと母親は破顔して、そういうことだってたまにはあるわよ、気にしなくていいよ、今夜は絶対睡れるから、それに睡れないなら起きていればいい、睡らなくてよくて時間を得したと思えばいいんだよ、と明るく言った。

わたしはそれをいったんは信じたが、しかしその日の夜も睡れなかった。わたしは両親の寝室に乗り込んでいって、やっぱり寝れない、ぜんぜん睡くならない、とまるで母親に責任があるかのように大声を上げた。しかしそれでも彼女は動じることなく、そんな風に思ってるから余計に睡れなくなるのよ。何か別のことを考えていれば、いつのまにか寝ているから安心しなさい、と前日と似たようなことを言った。わたしは彼女を信じたかったが、自分は睡れてるからそんなことを言えるんだ、これがどれほどこわいか、どれだけおそろしいことか、お母さんはぼくじゃないからわからないんだ、とも思っていた。息子が生きるか死ぬかの瀬戸際にあるというのに、いかにも呑気に構えている産みの母親に対して憤然と「もう、わかったよ！」と宣言した十一歳のわたしは、寝床に戻って布団を頭から被り、さめざめと泣き続けた。隣から母親が何かを言って父親が笑っている声が漏れ聞こえてきた。わたしは両親がこんなにも冷淡なのは何か自分の知らない親子の秘密があるのじゃないかと疑い始めた。もしかしたら産みの母親じゃないのかもしれない。だがわたしと母親は見た目も趣味嗜好も大変よく似ていた。

それでも不眠が始まって四日目の朝になると、彼女は自分から「どう、睡れた？」と訊いてきた。わたしは猛然と首を横に振った。そう、じゃあ今晩も寝れなかったら、ちょっとお医者に行ってみようか。こうしてその翌日、母親はわたしを近所の医院に連れていった。そこは以前にも何度か行ったことのある町医者で、顔を覚えていた老医師は、心配することはない、そのうちきっと睡れるから、などと母親と同じことを言い出して、わたしをすっかり落胆させた。なぜ大人という連中は、こちらの窮状をこれほどまでに低く見積もろうとするのか。こいつらは一度だって睡れない子供だったことがないのだろう。いや、こいつらは子供だったことさえいまだかつてないに違いない。自分が十一歳だったときのことなど、すっかり忘れ切ってしまってるのだ。内心ではえんえんと呪詛を垂れ流しながらも、わたしは持ち前の良い子ぶりを発揮して、老医師の無責任な言葉に従順に頷いていた。帰りに錠剤を貰ったと思うが、それが何の薬なのかわたしにはわからなかったし、どのみちそれはぜんぜん効かなかった。母親はそれなりに満足げだった。わたしは明日の朝になって吠え面かくなよ、と思っていた。そしてその通りになった。翌日、母親はさすがに少しシリアスになり、でも一寸くらいは睡れてるんでしょうと尋ねた。わたしは、わからない、と答えた。その日の授業終わりに母親が学校まで迎えに来て、わたしを別の医者に連れていった。そこは鍼灸院だった。

気づいてみると、わたしの顔ぜんたいはハリネズミのような状態になっていた。母親がどのような思考経路で鍼灸にたどり着いたのかはわからなかったが、昨日の町医者とは違う色の白衣（だから白衣ではなかったのだが）を着た鍼灸師はそれなりに自信ありげに次々とわたしの顔のあちこちに鍼を打っていった。そのあとには点灸も行なった。わたしは生まれてはじめての体験に少々不安を覚えつつも、子供心にこれは効果がありそうだぞと期待した。そして実際、その日の夜は睡れたのだ。とはいっても、それ以前よりは早く寝つけたという程度であり、かつての意識せざるスムーズな入眠にはまだまだ程遠かったが、それでもかなり睡ることができた。鍼灸ってすごい、わたしは東洋医学に喝采を送った。しかし残念ながらそれは一日限りのことで、翌日からはまた頑強な不眠が戻ってきてしまったのだった。母親はがっかりした顔をした。わたしもなんだか彼女に申し訳ない気持ちになった。母と子の想いは、こうしてようやく通じ合ったのだった。わたしたちは同じ目的のもとに団結したのだ。

三度目のトライアルで母親とわたしは電車を乗り継ぎ、郊外にあるこぢんまりとした医院にやってきた。結局、わたしはその後、そこに一ヶ月ほど通うことになった。診察室に入ると、まだ青年の面影を残した医師が椅子に座っている。彼はいつも穏やかな、何かを面白がっているような顔をしていた。いつ行っても小さな待合室は満員だった。そこが何を専門とする医院なのか、わたしにはわからなかった。今ではおそらく心療内科的なところだったのだろうと推察できるが、子供のわたしの思考回路には心の病気という概念がまだ存在していなかった。若く見える医師は、わたしを迎えると毎回しばらく雑談をする。学校であったことや読んでいる本のことなどを、彼はさも興味ありげにわたしに質問した。それはこちらに合わせた演技だったのかもしれないが、わざとらしくはなく、わたしは彼に好感を抱いた。医師は子供の目にも高級品だとわかる碧色のフレームの眼鏡をしていた。

ポイントが高かったのは、彼がけっして睡れるようになったかどうかを尋ねなかったということだ。睡眠については触れることなく、わたしたちはいろいろな話をした。彼はわたしのとりとめのない語りに対して、すぐには意味をはかりかねる喩え話のようなもので応じることが多かった。奇妙なことに、そこにはほとんどいつも兎と山羊が登場した。小学生とはいっても、もう十一歳だったので、それはいかにも子供騙しのようにも思えたが、不思議なほどするりと頭に入ってきた。彼が動物の喩を使いながら何か別のことを話そうとしているのだということをわたしは理解していたし、彼はわたしがそのように理解していることを理解していた。

医師はわたしに数種類の薬を処方した。これも近所の藪医者とは大違いにちゃんと効いて、わたしの不眠はみるみるうちに改善されていった。正直、途中からは、もうすっかりよく睡れるようになっていたのだが、そこに行くのをやめるとまたすぐに元に戻ってしまうような気がして、わたしはその医院に数日ごとに通い続けた。あの医師と話すために通っていたのだと言ってもいいかもしれない。要するにわれわれは馬が合ったのだ。彼のほうがどう思っていたのかはわからないが。

待合室には四人がけの長椅子が二脚、診察室へのドアを挟んで据えられていて、向こう側の壁の真ん中、ちょうどドアと向き合う位置に、大きめの鏡が嵌め込まれていた。つまり診察室の出入りがあるたびに鏡の中にその様子が垣間見えるようになっていたのだが、これが何らかの機能を持った仕掛けであったのかどうかはわからない。二度目からはひとりで来るようになっていたわたしは、自分の名前が呼ばれるまでの間、なんとなく鏡に視線を向けて他のひとびとを観察するようになった。さまざまな年齢の人間がいたが、子供はずっとわたしだけだった。そういえば、上品そうな高齢の女性に、あなたはどうしてこんなところにひとりで来ているの、と尋ねられたことがあった。わたしはいつも通りに明るく、ハイ、不眠症なんです、と答えた。まあ、それは大変ね、つらいでしょう、と老婆はどこか嬉しそうに言った。でも、だんだんよくなってきました。昨日もかなり睡れたし。わたしはにっこりと微笑んでみせた。彼女は妙な表情を浮かべて、それきり黙った。

待合室ではいつも、音を消したテレビが映っていた。ちょうどその頃、外国の聞き慣れない名前の町で大規模な事故が起こり、テレビではその報道が連日続いていた。わたしはそのニュース映像を何度か見た。巨大な工場のような建物が内側から無残に崩壊し、白煙が上がっていた。それはまるで色の無い花弁を広げた奇怪な植物のように見えた。このことだけではなく、どうも世の中がなんとなしにざわついているようだと、子供ながらにわたしは感じていた。

結果として最後から二番目となった診察の日、わたしははじめて、鏡の中に自分と同じ子供の姿を発見した。彼女はドアを挟んだもう一つの長椅子の端に座って、一心不乱に文庫本を読んでいた。緑色のブックカバーが掛けられてあるので、どんな本なのかはわからない。彼女はまさに、読み耽る、という表現が似合う様子で読書に没頭していた。しかしわたしには彼女が自分と同じ小学校高学年であることがわかった。同世代の人間の出現に当然ながら強く興味を惹かれたが、かといってこちらから話しかけることは憚られた。わたしと彼女の間には中年の女性が座っていて、わたしは鏡の中の少女をこそこそと覗き見ることとくらいしかできなかった。あまりにずっと見つめていたので、だんだん、わたしは彼女と向かい合って座っているような気がしてきた。彼女は右手の甲に大きめの痣があった。文庫本を両手で姿勢よく持っているので、それは否応なしに目に入ってきた。火傷の痕なのか、半円状に皮膚の色が変わっている。見ようによっては、それはとても痛々しく思えたが、少女自身にまったく気にするそぶりがないので、彼女はあの痣とじょうずに共生しているのだな、とわたしは家に帰ってから思い返して、なんだか羨ましいような気分になった。少女の瞳は本の頁にじっと注がれていて、わたしが彼女を見ている間、一度も視線を外すことはなかった。

最後にその医院に行ったときにも、その少女はいた。座っている位置はひとつ横にずれたが、やはり緑のカバーのついた文庫本を読み耽っている。わたしはむしょうに彼女が何を読んでいるのか知りたくなった。だが、どうすることもできない。わたしの良い子ぶりはあくまでも受動的なものであって、知らない女子に自分から声をかけるような積極性は持ち合わせていなかったのだ。結局、わたしは前回と同様、ただひたすら彼女を覗き見ることしかできなかった。決まった曜日に通っていたわけではなかったので、二度も遭遇したのは偶然としか考えられなかった。それにしても彼女は何の病気でここに来ているのだろう。ひょっとしたら自分と同じ不眠症ではないだろうか。だがそれを確かめる術はない。前回も、そのときも、わたしが名前を呼ばれたとき彼女はまだ長椅子にちょこんと座っていて、わたしが帰るときもそこにいた。そしてわたしはその日を最後に通院を終えたので、それきりになった。

少女は肩まで髪を伸ばしていて、小柄で痩せていた。だが開かれた文庫の紙面を黙々と見つめ続ける表情は、少なくともわたしには、ひどく大人びて見えた。

ともあれ、わたしの人生最初の不眠との闘いは、こうして終わりを告げたのだった。次にそれが起こるのは、十五年もあとになってからのことだ。

そういえば、三つ目の医院に通っていたとき、母親が図書館にこんな本があったから借りてきたといって一冊の単行本をわたしに手渡した。わたしも何冊か読んだことがあった人気作家が編者を務めたアンソロジーで、その名も『いかにして眠るか』と題されていた。読みたいかなと思って、と母親は嘯いたが、わたしにはいささか無神経な所業にも思えた。どうも母親には妙に鷹揚というか鈍感なところがあって、それが自分に遺伝していないことをわたしは祈った。

しかし読んでみたら、これが大変面白かったのである。それほど厚い本ではなかったが、不眠、入眠、睡眠をテーマにした古今東西の小説や随筆などが十数編集められており、フィルムから抜き出したコマ写真付きでロバート・ベンチリー主演の短編映画『HOW TO SLEEP』の紹介文まであった。その中の一編、やはりすでに何冊か読んでいて、その頃のわたしのお気に入りのひとりだった某作家によるエッセイは「眠られぬ夜のために、とっておきの睡眠誘導術を伝授するとしよう」という一文で始まっていた。「まず、アメリカの西部劇に出てくる、なるべくありふれた場面を思い浮かべていただきたい」。あなたはインディアンで、断崖の上の岩陰に身を潜めて、谷間の一本道をやってくる騎兵隊を待ち伏せしている。弓の名手であるあなたは憎っくき白人どもを一人ずつ狙い撃ちにしようというのだ。

さあ、矢をはなて。空気を引裂く弦の音。矢は見えないが、命中の手ごたえはあった。胸をおさえ、ネッカチーフをひきむしりながら、映画の場面そっくりに落馬していく白人の兵士。そら次の矢だ。こんどの奴は帽子を飛ばした。つんのめって、馬の首を抱きかかえる。ゆっくり見きわめてから、三本目をつがえよう。敵の数に不足はないし、矢の手持もたっぷりだ。

むろん条件によって違うが、調子さえよければ、四、五人目から効果が現れることがある。二十人を超えることはめったにない。急速で、しかも実になめらかな眠りへの移行。弓をつがえた腕から突然力が抜け、あたりの光景が見るみる凍って、色あせる。そのまま君は深い眠りに落ちていく。苦しまぎれに、千から数字を逆に数えてみたり、無理に通い馴れた道順をなぞってみたりする時のような、あの不眠との闘いからくる、苛立たしい疲労感などまったく認められない。一見殺伐にみえる、岩陰からの狙撃ごっこが、これほどの鎮静作用を持っているとは意外に思われるかもしれないが、事実なのだから仕方がないだろう。

こんな「睡眠誘導術」が効果的だとは到底思えなかった。しかもこのあと、当時はノーベル文学賞を噂されていた国際的にも著名なその作家は「それはともかく、不都合なことに、このせっかくの安眠術が今のぼくにはまったく役立ってくれないのである」と続ける。なぜならば、どういうわけか想像の中で矢がくるりとこちら側に反転してしまうからだ。自分には先端恐怖症の傾向がある。これはたまらない。そこで弓矢をライフルに変えてみたが、やはり銃身がこちらに折れ曲がろうとしてくる。そんなわけで、まずは先端恐怖症を治さなくてはならないのだが、「神経科の医者の助言によれば、なによりもまずよく眠ることだと言う。それはそうだろう。よく眠るためには、よく眠ればいいに決まっている」。いかにもこの作家らしい不条理で逆説的なユーモアが効いていると、十一歳のわたしはにやにやしたものだが、不眠対策にはまったく役に立たなかった。

それでもわたしは、あえて非現実的な場面を想像してみる、というやり方が気に入った。そして「無理に通い馴れた道順をなぞってみたりする時のような」というくだりにも興味を惹かれた。わたしはそれも試したことがなかったのだ。そこで「睡眠誘導術」を読んだ日の夜、布団に横たわって目を閉じると早速実践してみた。

そのころ住んでいたのは二階建ての小さな家で、家族は全員二階で寝ていた。二階には部屋が二つあって、わたしの部屋にも両親の寝室にもそれぞれ階段がついている。わたしは想像の中で、暗い階段をゆっくりと降りた。そこは細い廊下になっていて、降りてきた方向と逆側の端が玄関になっている。わたしはスニーカーを履いて家族に気づかれぬようそっと扉を押し開けて外に出た。まださほど遅い夜ではないはずなのに、家の前の道には人っ子一人見当たらない。それでも街灯がついているので屋内よりは明るい。家のすぐ右手が十字路になっていて、左に折れるとなだらかな下り坂が続いている。わたしは寝間着のまま、だらだらとした坂道をそぞろ歩きで下っていった。降り切ったところに大きな銀杏の木がある。そこを右に折れると、寂れた商店街がある。店はもう全部閉まっていて、やっぱり人の姿はない。父親によく連れていってもらう喫茶店の前を通り過ぎ、美容院、青果店、蕎麦屋、不動産屋と眺めながら歩いていくと、突き当たりの左手に公園がある。

公園といっても小ぶりの広場にベンチや遊具が幾つか置かれているだけのどこか殺風景な空間で、それでももっと幼かった頃にはよく遊んだものだったが、今では滅多に足を踏み入れることもない。せっかくなのでそこに入っていく。杉の木が何本かあり、その中でもひときわ大きな枝ぶりの、いちばん奥に位置する木のほうに向かっていく。ブランコに乗ってみようかと一瞬思うが、やめておく。塗装が剝げかけたジャングルジムの周りをひとめぐりして、大きな杉の木へと歩み寄っていく。振り返ってみると、公園の常夜灯が自分の影をつくっている。長く伸びた影が黒い矢印みたいに見える。月が出ていることにとつぜん気づく。人工の灯りがなくてもきっとじゅうぶんに明るい。誰もいない。誰かいたらさぞかし怖いだろう。だが誰もいなくて、ほんとうはわたしもそこにはいない。杉の木までたどり着いた。わたしは両手を伸ばして木肌を撫でてみた。ひんやりとしている。

一日目に書きそびれたことがあった。昨日はわたしの誕生日だったのだ。つまりY・Yとわたしのバースデーは一日違いである。わたしは老作家の三十歳ほど年下であり、別の数え方をすれば、わたしは老作家の二十歳年上ということになる。ケーキが運ばれてきたとき、わたしはじつは自分も明日が誕生日なのだと言おうかと思ったが、口には出さなかった。そんなにお祝いばかり言われる必要はないだろうと思ったのだ。打ち上げの席でも何も言わなかった。だからY・Yも編集者たちも、この事実は知らない。わたしにかんするウィキペディアの記述も生年月日が間違ったままなので、おとといの聴衆も知らないはずだ。つまりは、どうでもいい情報だということである。しかし、わたしはかねがね、Y・Yが生まれた日の特別さに、憧れとも嫉妬ともつかない微妙な感情を抱いてきた。たとえ自分が一日早く生まれていたとしても、老作家と同じ誕生日にはならない。わたしの生まれた日は彼の一日前になってしまう。

しかしながら、誰に読ませるつもりもないのに、こんなものを書き出してみようと思い立ったことと、昨日が自分の誕生日だったこと、自分がついにこの年齢になってしまったということは、どう考えても無関係とは言えない。いや、大いに関係がある（のだが、わたしはその理由をここに書くつもりはないし、なぜ書かないのかの理由もここには書かない）。

そう、わたしはこの文章、手記とも備忘録とも回想録とも告白とも呼べるだろうこの文章を、ただ自分のために、自分だけに向けて書いている。わたしは未来のわたしに読ませるためにのみ、今こうして言葉を綴っている。どうしてこんなことを始めたのか、自分でもうまくは説明できない。いつかわたし自身がこれを読み返すときのために、これを書き残しておくのだとしか今は言いようがない。だが、この欲求、この欲望、この責務にも近い切羽詰まった要請が、どこからやってきたのか、何を意味しているのか、自分に何をさせようとしているのかを、わたし自身はよくわかっているのだから、これでいいのだ。何ごとも包み隠さず、事実に基づき、可能な限りの正直さと誠実さをもって、わたしはこれを毎日書き継いでいくつもりだ。

三日目

『フォー・スリープレス・ナイト』の「私」と友人は、とつぜんいなくなった女性の行方を探すにあたって、まず彼女の二人の女ともだちを訪ねる。友人の恋人より十歳も年上の、親にあてがわれた高級アパートにひとり住まいの女性は、彼女は今ここにいないし、ここには来ていない、それどころか彼女とはもう長らく会っていない。少なくとも半年以上は顔を合わせていないはずだ、と語る。友人は大層驚く。なぜなら恋人は何度も女ともだちとあちこちに遊びに行った話を彼にしていたからだ。二ヶ月程前には一緒に遠方に旅行に出て、土産まで買って帰ってきた。そのことを問うてみても、女ともだちは怪訝そうな顔で首を横に振るばかりだ。そもそも私たちはそんなに仲が良かったわけじゃない、どうしてそんな話になっているのか私にはさっぱりわからない、なんだかまるで別の女の子のことを言われているみたい。お役に立てなくてごめんなさい。

思いも寄らぬ事実の露呈に愕然としながらも、二人の青年はもうひとりの女ともだちの部屋に赴く。こちらの女性は十日程前に彼女に会ったと証言する。以前も何度か参加していた勉強会に来てたんだけど、別にいつもと変わりはなかった。いつも自分からは発言しなくて、ひとの話を熱心に頷いて聞いてる。メモらしきものをずっと取ってて、前に覗いてみたら、ぎっしり書き込んであって吃驚した。なんか図みたいなのもあって。それスゴいね、と言ったら、こういうのを書かないと理解できないの、すぐに頭の中が迷路みたいになって何がなんだかわからなくなるから、と恥ずかしそうに笑ってた。一度、発言を求められたときには、見ているこちらがドキドキするくらい上気しちゃって、あ、あの、こ、これはケモノの話だと思います、って。そのとき取り上げられてた本に動物なんかぜんぜん出て来ないのに。でもそのあとで彼女の説明を聞いたらみんな納得してた。だからちょっと変な子ではあるけど一目置かれてる、という感じかな。その日も同じ様子だった。彼女とはあそこでしか会ったことがない。あれ以後は街でも見かけてないし、心当たりもない。もしもどこかで会ったら連絡するように言っておくね。

あと一時間ほどで終電なので、二人は移動手段を手に入れるべく共通の先輩に車を借りに行く。もともと三人は同じ学生寮に住んでいたのだが、今は全員がそこを出ている。先輩は非常に優秀な学生で、官庁への就職が決まっている。じつを言えば「私」は彼とともに女漁りをしたことが何度かある。遅い時間の訪問にいやな顔ひとつ見せることなく、先輩は左ハンドルの車のキーを渡してくれる。こうして「私」と友人は夜の街にひとりの女性を探しに出かける。もうほとんど当てはないが、ヒントといえるものがなくはなかった。それは彼女がいなくなる前に残した謎めいたメッセージだ。

二度目の不眠が訪れたとき、わたしは二十代の半ば過ぎになっていた。もともと上京するための方便でしかなかった大学を中退し、今に繋がる仕事を始めてからすでに数年が経過しており、だいぶ忙しくなってきた頃のことだった。十一歳のときと同じく、わたしはとつぜん睡れなくなった。といってもその時期は完全な夜型の生活を送っていて、なんだかんだで朝まで起きていて、いざ寝ようとしたが睡くならない。十五年前のことが頭をよぎったが、まあこういうこともあるさと甘く見ていたら、翌日も入眠はなかなかやってこなかった。睡れたのはせいぜい一、二時間くらいだろう。これはもしかするともしかするやもしれないぞ、とわたしは思わず戦慄した。そして、その悪い予感は当たった。

かといって、今はもう生まれ育った街から遠く離れて暮らしているので、あの医院を訪ねるわけにはいかない。わたしは使い始めた頃に較べたらずいぶんと便利になったインターネットで調べて、当時の自宅から電車で三駅隣にある専門の病院に行くことにした。そこは小綺麗な商業ビルの七階にあるクリニックで、簡単な問診のあとに安定剤を処方してくれた。医師が必要最低限の質問しかしないことに、わたしは物足りなさを覚えるとともに、どこか安堵してもいた。きわめてビジネスライクな治療であり、いかにも新世紀にふさわしい。そしてわたしはそこで彼女に再会した。

彼女というのは、十一歳のときに一ヶ月ほど通った医院の待合室にいた、あの少女のことだ。距離的にも時間的にもかけ離れているのに、わたしにはすぐにその女性が、あのときの少女が大人になった姿だということがわかった。顔を覚えていたつもりはなかったが、成長した彼女を見た途端に、あのときの様子が俄に蘇った。その女性はわたしがクリニックと同じフロアにある薬局のカウンターに並んでいたとき、ソファに座って文庫本を読んでいた。緑色ではなくわたしの知らない書店の名が印刷されたブックカバーだったが、その姿はあのときの場面を彷彿とさせた。十五年の歳月はわたしを積極的な人間に変えていた。わたしは彼女に声をかけた。すみません、妙なことを尋ねるようですが、あなたは昔、小学生のときに、神戸の◯◯にある医院に通っていませんでしたか。彼女は本から視線を外し、きょとんとしてわたしを見た。ああ、間違いなく彼女だ、とわたしは思った。手に痣がある。なのにそのあと、その女性から出た台詞は、ちょっとよくわからないんですけど、どなたかとお間違えじゃないですか、だった。わたしはどぎまぎして、いやでもあなたは、とか、だってその手が、とか何とか言い繕おうとした。とんだ失態を冒してしまった。頭が変な、失礼千万な奴だと思われても仕方がない。すみません、以前知っていた方とよく似ていたもので、とわたしは頭を下げたが、そのときすでにその女性はふたたび文庫本に目を落としていた。

わたしの顔はおそらく真っ赤になっていただろう。逃げるように薬局を出て、人々が行き交う廊下に棒立ちになって深呼吸をした。どうしてあんなことをしでかしてしまったのだろう。そんな偶然があるわけないじゃないか。ところがその直後、薬局のドアが開いて、その女性がふわりと外に出てきた。そしてわたしに、あなたのことをぜんぜん覚えていないのだけど、私たちって話したことがあったかしら、と言った。ああ、やっぱり彼女だったんだ、とわたしは思った。わたしは十五年前に自分が一方的に彼女を覗き見ていたことを正直に告白した。すると彼女は言った。このあと時間はある？　この下の階に美味しい珈琲の店があるのよ。

これがMとの再会、いや出会いだった。わたしはあのとき彼女に訊きたくても訊けなかったことを尋ねてみた。君が没頭していたあの文庫本はいったい何だったの？　Mは、もちろん正確には覚えてないけど、たぶん漱石なんじゃないかな。あの頃ずいぶんハマってたから、と答えた。それに私は病気じゃなかった。母の付き添いで来てただけなの、と意外なことを語った。ぼくは不眠症だったんだ。小学生の不眠症なんて変でしょう。でもあのときは深刻だった。あの洒落た眼鏡の医師のおかげで、僕はまた睡れるようになったんだ。そう、あのひとは素敵なひとだったものね、とMは応じた。でもね、あのときは何ともなかったのに、大人になってから今度は私が睡れなくなっちゃったの。だから今日も薬を貰いに来た。ぼくはあの時以来、十五年ぶりに不眠症になったんだ。それで、ここでこうして君といる。なんという僥倖だろうか！

Mはわたしよりも一歳年下だった。東京の大学に入学して、今は大学院にいる。学部は生物学専攻だったんだけど、解剖実験中に失神してしまって、自分でもこれは向いてないなと思って、悩んだ末に文学部に移ったの、と彼女は言った。でも小学生の頃は本ばかり読んでいたから、元のさやに戻ったというほうが正しいのかもしれない。で、あなたは何をしているの？

わたしは自分の不安定な仕事について一通り彼女に話した。Mは僅かながら興味を持ったようだった。気づくと喫茶店に入ってから二時間近くが過ぎていた。ああ今日はすごい不思議なことがあった、懐かしくはないけど、だって私はあなたをぜんぜん覚えてないんだから、と言ってMは笑った。わたしは彼女に名刺を渡した。自分は学生だから名刺は持ってないけど、このアドレスにメールすればいいのね、とMは言った。わたしは、また会えるのだと思って嬉しくなった。

ところが、それから一週間経ってもMからのメールは来なかった。やっぱりあれは単なる社交辞令で、彼女は彼女の普段の生活に戻っていっただけのことなのだろうと思い、わたしは悄気返った。考えてみれば当然のことだ。田舎者でもあるまいし、昔会ったことがある（とも言えないが）からといって、いちいちこの大都会で親しくしていたらきりがない。彼女の大学はわかっていたので、調べようと思えば連絡先を調べられなくもなかったが、そこまでする理由が自分でも見つからなかった。ところが九日目の夜、とつぜん彼女はメールで映画に誘ってきた。ニュープリントによるリバイバル上映だから、絶対見逃したくないの。あなたは映画も好きだと言っていたでしょう？

そしてわたしとMは連れ立って映画を観に行った。奇っ怪というべき映画だった。彼女は前にも観たことがあると言っていたが、わたしははじめてだった。映画のキャッチコピーが秀逸だった。「生きているひとは死んでいて、死んだひとこそ生きているようなむかし、男の旁にはそこはかとない女の匂いがあった。男にはいろ気があった」。映画館を出るとMはスキップせんばかりに愉しそうな様子で、狐の穴に落ち込んでしまったのだから、もう後戻りはできませんわねえ、と映画のヒロインの声色を真似て妖しく言い放ち、悪戯っぽく微笑んでみせた。わたしたちはそれから何度か映画を観に行き、映画館以外にも一緒に出かけるようになり、やがて互いの部屋を行き来するようになった。

Mはいつも陽気だった。わたしの受け身の良い子ぶりとは違って、彼女はいつもそのとき自分に与えられた条件の下で最大限に人生を謳歌しようとしているように見えた。Mの父親は転勤族で、彼女は中学を卒業するまで日本の各地を転々とした。それどころかヨーロッパの何箇所かとアメリカのニューヨークにも住んだことがあった。だから頭の中で想い出がごっちゃになっちゃって、それがどこであった出来事なのか、自分でもわからなくなることがある。自分の性格形成に多大なる影響を及ぼしたであろう重要な経験を思い出しながら、その途中で、ああ、あれはあそこじゃなかった、別の町だったと気づくこともある。なんだかまるで自分が住んだことのある場所はじつはぜんぶ同じ町なんじゃないかと思えてくることもある。まあ、そんなわけはないんだけれど。

Mの母親こそわたしの同志だった。彼女はMが小学校に入学した頃から繰り返し重度の不眠に陥るようになり、それとともに軽い鬱病を発症した。だから新しい町にやってきて最初にするのは病院を決めることなのよ、あの頃の母はいつも私を連れて行動していた。片時も手放さなかった。私は行く先々の心療内科の待合室で母を待ちながら本を読んでいた。おかげでちょっとした読書家になってしまったというわけ。Mが中学三年のとき、父親の東京本社への栄転が決まった。それ以前にもごく短い間だけ住んだことはあったが、今度はどうやら上がりらしい、流浪の民もこれにて終わりだ、と父親は言った。Mは中学を卒業してから母親ともども先に単身赴任していた父親のもとに移り、それ以来こちらに住んでいる。

でもね、おかしなことに、父はそのあとすぐに会社を辞めちゃったのよ。そして退職金を元手に北大塚に書店を開業した。だから今、私の実家は本屋さんなの。それでね、内緒なんだけど、さっき読んでた本は、うちから万引きしたの。彼女は愉快そうに笑った。文庫棚から勝手に抜き出して、カバーをすれば表紙が見えないでしょう。読み終わったら、またこっそり別の文庫と入れ替えてる。父はぜんぜん気づいてない。だから読むものには困らないんだ。母は以前よりはまともになった。やっぱり引っ越し続きがよくなかったのかも。でもかわりに私がおかしくなっちゃった。睡れないと思うと睡れなくなるっていうあの感じ、あなたならわかるでしょう。だから今は昔の母のことが少しは理解できるような気がする。でもこれって結局のところ遺伝なのかもと思って、うんざりすることもある。だってねえ、それって絶望的だと思わない?

今日は髪を切りに行ってきた。美容師に鋏をあてられる自分の頭が鏡に映っていた。その奥、つまりわたしの後方はガラス張りになっていて、さまざまな種類の人間が行き交っていた。ひとりの女が立ち止まった。三十代くらいだろうか、浅黒い肌の大柄な女性で、バッグから封筒のようなものを取り出して、道の端に立ったまま中の紙幣を数えている。千円札なのか一万円札なのかは見極められなかったが、驚くほどの枚数で、口に出して数えているのが見て取れた。数え終わると女は封筒を片手に持ったまま歩き去った。銀行に入金にでも行くのだろうか。それにしてもあんな無防備な振る舞いはいかがなものだろう。現にこうして見ず知らずのわたしに一部始終を見られていたのだし。髪はかなり短くした。まだ肌寒い日も多いが、滅多に髪を切らないので、これぐらいがいい。

そして帰宅して今、これを書いている。かなり調子が出てきたようだ。そういえば、わたしは一日目から嘘をついてしまった。じつを言えば、おとといは途中でちょっとした邪魔が入ったので、Y・Yが「そんな風に平然としやがって」と言ったところでいったん中断し、続きは二日目になってから書いたのだ。しかしそれだと、どうにも締まりがよろしくないので、初日分に繋げてしまった。まあ、そのくらいなら別に構わないだろう。厳密なルールを設けてやっているわけではないのだから。

四日目

昨日はああ書いたものの、やはりなるべく嘘はつかないようにしなくてはならないと思う。たとえば今こうして書いているのは夕方の五時過ぎで、買い物のために電車に乗って街中に出たが、あまりの人混みに辟易して逃げるように帰ってきたところだ。これは嘘ではない。仕事柄、曜日の感覚が希薄になりがちで、ついうっかりして失敗した。今日は家から一歩も出るべきではなかったのだ。そんなわけで、いつもよりも早めにこれを書き出したのだが、確かに「かなり調子が出てきた」ものの、これから少々むつかしいところに向かわねばならない。なんといっても、嘘を書くよりも、ほんとうを書くことのほうが、はるかにずっとむつかしい。

それに嘘ではなくても、ほんとうかどうかわからないことだってある。何しろ今書いていることのほとんどは、そうとうに昔のことなのであって、それをわたしは、ほぼ自分の記憶だけを頼りに書いている。しかるべき手順を踏めば事実との照合を確認できることもあるが、すべての裏付けが取れるわけではないし、正直に言えば面倒なことや気の進まないことだってあり、それよりもともかく毎日書き進めることのほうを優先しようと思っている。だから不可避的に細かい勘違いなどはあるやもしれない。

だが、もしも誤りがあったとしても、それはけっして意図してのことではない。前にも記しておいたように、わたしはこれを未来の自分のためにのみ書いているのだから、自分を騙したって仕方がないではないか。ただし明らかな誤認や誤記などについては適宜訂正するつもりはあるし、場合によっては前の日に戻って書き直すことだって必要になるかもしれない。それをやり始めたらきりがないから、なるべくしたくはないのだが。

わたしは日記というものを書いたことがない。これも期間限定の日誌というか手記のようなつもりだが、日記を書かない（日記を書けない）理由は、自分が自分を読者として毎日の出来事を書き連ねる場合、わかりきっていることなのであえて記す必要がないことと、わかりきってはいるがあえて書いておこうと思うことの線引きが、どうにもよくわからないからである。ひとはどうやって日記を書いているのだろうか。過去に日記を書く習慣を持とうとしたことが幾度かあったが、そのたびに、書くからには何もかも記録しておかねばならないという強迫観念と、このことを書くまでもないのなら他のすべても大して重要度は変わらないのじゃないかという冷めた気持ちのあいだでバランスが保てず、異様に事細かで長ったらしい記述の日が何日か続いたあと、いきなり数行に減り、そして特に説明もなく途絶するというパターンの繰り返しになってしまった。これはそうはならないように気をつけるつもりだが、それでもやはり、何を書いて何を書かないか、何を残して何を省略するか、の腑分けはじつにむつかしい。それに今回ばかりは、書きたくないことは書かない、というわけにはいかないのだ。

Mとわたしは、おおよそ恋人同士と呼べるであろう間柄に、それもあとから思えば急速になっていった。呼べるであろう、などとやや迂遠な書き方をしたのは、しかしわれわれは、いわゆる「恋人同士」らしい会話をまったくしなかったからだ。好き合った二人が初期段階で陥りがちな人目を憚らぬ戯れ合いや歯の浮くような睦言を、わたしとMは見事なまでに回避していた。Mはクリニックで奇跡的な「再会」を果たしたあのときの感じのまま、つまり心ない上機嫌とでも言い表すべき超然とした態度を崩すことなく、二人きりになってもわたしに過度に甘えたりすることはなかったし、わたしもそれで問題はなかった。とはいえ、われわれは互いに相手が特別な存在であると認め合った若い男女がするようなことはちゃんとしていたし、Mがわたしの部屋に泊まり、翌朝そのまま大学に行くこともあれば、その逆もあり、小規模な旅行をしたこともあった。

さまざまな文化的事象に対してMは熱心で幅広い、だがまったく体系的とは言えないランダムな関心を抱いており、わたしは次々と移り変わる彼女の極私的流行に従って、あちこちに連れ回された。彼女の興味はあまりにも一貫性と中心軸を欠いていたので、あの頃のMの言動から彼女が大学院でいったい何を学んでいるのかを言い当てることは絶対に不可能だったと思う。むしろMは自分の専攻分野のことは禁欲的なまでに語ろうとしなかった。会話の折に何度か水を向けてみたことがあったが、いつも気づくと別の話題にすり替わっていて、まるで誰から見ても多趣味な彼女が、それについてだけは興味がないみたいだった。そんなわけはなかったのだが。この奇妙なアンバランスの理由を説明するつもりは本人には更々ないようで、というよりも彼女はそのことに気づいてさえいない風だったので、学業と私生活は別々ということなのだろうと勝手に納得するしかなかったが、わたしにしたってそれで特に困ることがあるわけではなく、要するにどうでもいいことだったのだ。

わたしとMの不眠はどうなったのか。わたしのほうは順調に改善されていった。薬が効いたのか、Mと知り合ったことがなんらか影響したのかはわからないが、クリニックには三度の通院で行かなくなった。それでも寝つきの悪い日はあったが、厭な予感がしたらすぐに市販の睡眠導入剤を呑んでしまうので、仕事に差し障りが出るほど睡りが足りなくなることはなかったし、入眠障害が二日三日と連続することもなくなった。そんなわけで、わたしの人生二度目の不眠は、自分でもはっきりとは気づかないうちに、ゆっくりとフェードアウトしていった。ではMはというと、彼女は不眠にすっかり慣れてしまったかのように見えた。相変わらず毎日の睡りは短く浅く、処方してもらった薬もほとんど効き目はない、呑まないよりはましかもしれないから病院には通い続けているけれど、これはもう単なる習慣でしかないわね、と彼女は自嘲めいた笑いを洩らしもした。

前にも書いたように、この時期のわたしの生活はもともと完全に昼夜逆転していたので、やたらと情報通のMに誘われるまま、映画のオールナイト上映や深夜のクラブ・イヴェントに頻繁に出かけるようになった。Mは慢性的な睡眠不足とは到底思えないくらい、いつも元気だった。朝まで遊んで帰っても睡れるわけではないのに、いったいぜんたい、ほんとうに大丈夫なの？　わたしの心配にMは、だってだったらどうしたらいいと言うの、毎晩ベッドで枕に顔を突っ伏して、ひたすら睡るための努力をし続けろとでも？　と怒ったふりで返した。わたしは午前中に彼女と別れたあと、差し迫った仕事がなければつい昼寝をしてしまうこともあったので、いくぶん後ろめたい気持ちがなくはなかった。しかしMはけっして睡そうには見えなかったし、疲れている様子さえなかった。彼女はまるで睡らなくてもよい人間になったかのようだった。もちろん、そんなはずはなかったのだが。

梅雨時のある夜の午前四時近く、すでに何度か行ったことのあった小さなクラブ――二十人も入れば満員になってしまう――で、一部のマニアックな音楽好きに陰微な影響力を持つ音楽評論家が主催するＤＪイヴェントが、それなりの盛り上がりを見せていた。わたしはだいぶ前から出入り口に近いソファの端に腰を下ろして、ここに入るときに降っていた雨は朝にはやんでいるだろうか、などとぼんやり考えながらジントニックを飲んでいた。ヨーロッパのレーベルから音源をリリースしている気鋭のエレクトロニカ・ミュージシャンでもあるＤＪは、もう小一時間ほどダンサブルな曲を連続してプレイしていたが、急に音量を落としてビートを途切らせると、管楽器のような電子音のような倍音の豊富な持続音《ドローン》が緩慢に流れ始めた。

　踊るでもなくフロアのあちらこちらを行き交っては友人知人（らしき連中）に話し掛けたり笑い合ったりしているようだったＭは、やっとわたしの隣に戻ってきた。ああ、今夜ももうすぐ終わっちゃうなあ、まったくもって退屈だなあ、とＭは問いかけるようにわたしに言い放った。挑むように。わたしは何も言わなかった。すると彼女は、ああ今夜もぜんぜん睡くないなあ、前は睡いのに睡れないっていう感じだったのに、今やそれさえなし、睡くないから睡らない、ただそれだけ。ねえ、おもしろいことを教えてあげる、地球上の一日分の睡りはね、常に一定なのよ、この星に今、生きている人間の一日の睡眠時間をぜんぶ足して地球の総人口で割って平均値を出すとね、毎日同じ数値になるわけ、だから私がこれだけずっと睡らないと、睡れないとね、どこかの誰かが私の代わりにすごくいっぱい睡ってるのよ、そういうことになるわけ。逆に万が一、私の睡眠不足が解消されてゆくとね、その誰かはだんだん睡れなくなっちゃうの、そうやってプラスマイナスの計算が見事に合うようになっているのね、この世界の出来事は。そんな説は聞いたことがない、とわたしは言った。Mは妖しく微笑んで、さてもうひと暴れするか、と呟いて、また席を離れていった。

『フォー・スリープレス・ナイト』で「私」の友人の恋人がいなくなった状況を、まだ記していなかった。二人は数年前から半同棲状態で、週末はいつも恋人の部屋に友人が泊まることになっていた。その日の午後も彼は彼女のアパートのドアを叩いた。だが返事がない。いちいち確認せずとも、これは二人の習慣になっていて、用事が入って部屋を空けるときだけ事前に電話があるのだった。このときは連絡はなかったので、彼は少し怪訝に思いながらも合鍵を使い部屋に入った。恋人の姿がないこと以外は特に普段と変わらないように見えた。どこかにちょっと出ているだけかもしれないと思って、煙草を吸いながら待ってみたが、二時間が過ぎても彼女はいっこうに帰ってこない。ひょっとして今日はどこかに行くと言っていただろうか、と記憶を辿ってみるが、思い当たることはない。そして彼は、このところ彼女が不眠に苦しんでいたことを思い出した。夜中に目が覚めて隣を見ると、瞳を大きく見開いている。驚いてどうしたのかと訊ねると、睡れないの、でも大丈夫、と静かに言って目を閉じた。だが気になってこちらも睡りに戻れなくなり、しばらくしてからふたたび顔を向けてみると、また目を開けている。大丈夫？　だいじょうぶ。ごめんなさい。気にしないでいい。そんなことが何度かあって、さすがに心配になって、何か悩み事でもあるのかと聞いてみたが、ないと思うけど、あなたには私が悩んでいるように見えるの？　と穏やかな口ぶりで問い返された。なんだか理不尽な気がして、いやそんなことはないけれど、と答えて、確かに昼間の彼女は以前と変わりないようでもあったので、そういう時期もあるのかもしれないからあまり気にしないようにしようと思っているうちにまたしばらく時が経って、そしてこないだの深夜、彼女の泣く声を耳にした。

本人の意志の力で音量は低く抑えられていたが、それは嗚咽に近かった。自分でも信じられないんだが、それを聞いた瞬間、俺は身動きが取れなくなってしまったんだ。からだが固まって、彼女に声が掛けられなくなった。俺はね、寝たふりをしたんだ。すごく驚いていて、すごく心配で、すごく気になっていたのに、同時にすごく怖かった。あのときの感じを、どう説明したらいいのかわからない。とにかく俺は闇の中で身じろぎもせずにじっとしていた。すると彼女がぽつりと言ったんだ。私には罰が下されるだろう、と。ひとり言ではなかった。彼女は明らかに俺に聞こえるように言っていた。なのに俺は完全に静止したまま、だんまりを決め込んでいたんだ。すると、すぐに彼女は寝息を立て始めた。彼女はもう睡っていた。じゃあさっきのは寝言だったのか。彼女は睡ったまま俺にあんなことを言ったのか。それとも他の誰かに？　朝になって彼女は先に起きていた。いつもとぜんぜん変わらないように見えた。昨夜のあれは何だったのか、もちろん俺は訊こうと思ったよ。でも、どうしてか、どうしても訊けなかった。訊かないほうがいいという判断を俺は即座に下したんだ。あの言葉の意味はいったい何だったのか？　俺は結局、彼女に確かめることができなかった。そして今日、あいつはとつぜんどこかに行ってしまったんだ。

ベッドの上に一冊のペーパーバックが伏せてあった。キャサリン・マンスフィールド。手に取ってみると、開かれた頁の三つの単語が赤いインクの丸で囲まれていた。それらを繋げると、こんな文章ができあがる。「私はどこにもいない」。本に挟まれていた紙片が落ちた。メモ帳を破ったものらしい。そこには、こう書いてあった。「お願い、私を探して」。そして友人の名前が記されていた。ここでいてもたってもいられなくなり、友人は「私」の部屋へと走ったのだった。

明らかに彼に宛てたメッセージであろう書き置きは、私を探さないで、ではなかった。だが彼女の行き先の当ては早々に尽き果ててしまった。それでも「私」と友人は身分不相応な高級車を駆って夜の街を走り回る。私を探してほしいと書き残しているのだから、彼女は彼らが自分を探し当てることを期待している。それはつまりどこかにヒントがあるということだ。しかし部屋には他には何も手がかりはなさそうだった。だとすれば唯一の鍵はマンスフィールドのペーパーバックということになる。頁が開いてあったのは「The Young Girl」という短編小説だった。わりと知られた作品だ。他の頁も捲ってみたが特に書き込みなどはなかった。「私」と友人は「若い娘」という小説の内容を吟味する。ロンドンからフランスのおそらくパリに母親とともにやってきた若く美しい娘。母親は彼女を連れてカジノに入ろうとするが店に断わられてしまい、物語の語り手でもある知人男性に娘とその弟を託す。彼は姉弟をレストランに誘う。マンスフィールド小説の例に漏れず、少女は終始一貫して不可解なまでの苛立ちを隠そうともせず、年長の異性である語り手にも微妙に剣呑な態度を取る。これもマンスフィールドの短編の典型と言えるが、幕切れはひどく印象的で、やりきれない余韻を残す。最後に少女が堰堤が決壊したかのように言う台詞は鮮烈だ。「私は待つのが大好きなの！　本当に、ほんとうに！　私はいつも待っているんだもの、いろんな場所で」。

　この小説から読み取れるものは多々あるが、そのひとつは母親に対する娘の屈折した想いではないか、と「私」は言う。そこで友人は恋人の母親の消息を辿ることを思いつく。恋人の両親は離婚しており、数年前に亡くなった大学教授の父親とその内縁の妻に彼女は育てられたのだ。しかし産んだ母親はどこかで生きているらしい。友人と「私」は恋人の母親代わりであった女性、夫の不慮の死の後、幾つかの事情で義理の娘とは絶縁状態になってしまった女性を訪問して、亡き良人の元妻の行方を尋ねることにする。やはり大学で教鞭を執る政治思想の専門家で、しばしば学生の側に立って大学の姿勢を敢然と批判することでつとに知られたその女性は、不幸な行き違いによってすでに何年ものあいだ顔を合わせていない、かつては娘も同然だった存在のことを今でも気にかけているように見える。あのひとと結婚していた女、彼女の実の母親と自分は一度しか会ったことがないのだが、生前の彼が、われわれとは完膚なきまでに隔絶した世界に行ってしまった、今や夜の街であいつの名前を知らない者はいないらしい、などとうっかり口に出したことがある。私の立場としてはむしろどうしてそんなことをあなたが知っているのかと問うべきだったのだけれど、そのとき私がしたのは聞こえなかったふりだった。そして彼女は捜索中の女性の母親の名前と「通り名」を教えてくれる。予想だにしなかった展開に当惑を隠せない友人と「私」だが、こうなったら盛り場に、無法地帯に乗り込まないわけにはいかない。かくてここから『フォー・スリープレス・ナイト』は俄に暗黒小説、ハードボイルドの香りを放ち出すのだった。

例によって、そのコンサートに行きたいと言い出したのはMのほうだった。オーストリア出身の元パンク・バンドのギタリストが、コンピュータ・ミュージックを独学で習得して数年を掛けて制作した一枚のアルバムが、その年の夏に発表され、早耳の音楽聴きの間で評判を呼んでいた。『終わりなき夏』というその作品を、わたしはMから借りて聴き、すっかり虜になってしまった。微細な揺らぎと擦れを含んだ膨大な粒子のような電子音が複雑に織り重なり合い、一時は耳を聾する轟音にまで膨張しながら、やがて大きな波が砕けるように音たちが分散していき、激しくも繊細なうねりを伴う流れのなかから、甘く儚いギターの旋律がゆっくりと浮上してくる、その瞬間に自分を襲った言いようのない高揚と陶酔を繰り返し味わいたくて、わたしは『終わりなき夏』を何度もリピートし、自分としては珍しいことに、その音楽家の来日公演をMより心待ちにしていたほどだった。

その日、わたしでさえ前にも来たことがあった有名なライヴスポットは満員だった。小さなテーブルの上に載せられたラップトップ・コンピュータ、その横にギタースタンドに掛けられたエレクトリック・ギター、ステージ上にあるのはそれだけだった。開演時間になると、長身で彫りの深い顔立ちの、だがまったくの普段着の外国人が無造作な足取りで現れ、挨拶もなしにいきなり演奏を始めた。こういうのも演奏と呼べるのか、そのときのわたしにはよくわからなかったが、彼はラップトップを覗き込んで何やら操作をしているようだった。するとスピーカーからいきなり大音量の電子音が溢れ出た。それは現在のスマートなデジタル・テクノロジーではなく、アナクロでアナログな、往年のSF映画に出てくる壁一面にあしらわれたダイヤルやら計器やらでいっぱいの電子計算機が立てる音のようにわたしには聞こえた。いや、その機械がぶっ壊れた音みたいだ、狂ったコンピュータみたいだ、とわたしは隣に立つMの耳元に囁いた。彼女が、え、なに、と首を振って聞き返したので、わたしは同じことをもう一度大声で言った。するとMは、こういうのはね、グリッチって呼ばれてるのよ、実際のところ、としたり顔で述べた。わたしは、なるほどね、と返した。

ライヴはCDとほとんど同じにも思えたが、わたしは当然のごとくラストに演奏された『終わりなき夏』を極上のスピーカーシステムで聴けて、おおいに満足していた。寄せては返す、大きな、おおきな、巨きな波。音の波。ふとMを見ると、彼女は棒立ちになって目を閉じていた。じっとしている。なんだか睡っているみたいだ、とわたしは思った。

とつぜん、ステージ後方に映像が映し出された。そこには橙色に輝く陽光を浴びた大海原を往く一隻の船の姿があった。だんだんこちらに近づいてくると、思いのほか大きな船である。すこぶる広い波にカメラが寄っていくと、朝陽だか夕陽だかの照り返しは急激に薄まって、際限もなく蒼く見える。時には紫にもなった。ただ船の動く周囲だけはいつでも真白に泡を吹いていた。やがて船はゆっくりと遠ざかっていった。すると次に映像は、いかにも「終わりなき夏」というべき風景、浜辺に打ち寄せる波が燦然と光輝くさまへと変わった。アメリカ映画の一場面のようだった。まるで会場ぜんたいが光り輝いているかのようだ。あまりの眩しさに、わたしも思わず目を閉じた。瞼の裏が微かに光っていた。数秒か数分かもわからないが、音のうねりにただ身を任せた。

やがて目を開けてみると、そこには夜空があった。星々が異様なまでにくっきりと見えるので、現実の空なのかCGか何かなのか判別できない。わたしはささやかな天文学の知識を掘り出して、ああ、あれは牡牛座のアルデバラン、するとあれが昴、プレヤデス。なぜだかわたしは厭世的な気分になりかかった。しかしすぐに音楽が救い出してくれた。わたしは言いようのない多幸感に包まれた。崇高とはつまり、このことか、とわたしは馬鹿みたいに感じ入った。

二度のアンコールを経て、ライヴは終了した。わたしはただただ放心していた。バンドの音楽ではないのに、こんなに感動したのは生まれてはじめてだ、とわたしは興奮覚めやらぬ口ぶりでMに話した。珍しくMは黙って頷いただけだった。夜の十時過ぎだった。彼女はこのライヴスポットに知り合いが勤めているので軽く挨拶をすると言って、スタッフルームのような部屋に入っていった。しかし、すぐに走り出てきて、わたしの手を乱暴に掴むと、部屋の中へと引き入れた。そこは思いのほか狭い空間だったが、予想に反して十人近い人間が居た。全員が立ったままで茫然と壁際のテレビを見つめている。そこには高層ビルに旅客機が激突する瞬間の映像が繰り返し映し出されていた。わたしは、わたしも、その光景から目が離せなくなった。Mはわたしの手をずっと握ったままだった。彼女の手は小刻みに震えていた。いや、それはわたしの手のほうだったのかもしれない。

五日目

Mとはじめて観た、あの奇っ怪極まる映画には原作となった小説があるのだと彼女が言っていたので、わたしはその翌日、文庫本を買ってきて、その短編小説を読んでみた。ごく短い作品だったが、わたしは大変に感心した。簡潔で平易でありながら、じわじわと得も言われぬ不気味さを醸し出す筆の運びにも魅入られたが、ある意味でそれ以上に、この物語を元にしてあんな映画を拵えてみせた映画監督に驚嘆の念を禁じ得なかった。原作といってもその小説の題名も作家の名前も映画のクレジットには見当たらず、あくまでも「原案」のような扱いであるようだった。

実際、映画には小説にはないエピソードが付け加えられていたし、小説から削られた要素もある。共通する部分にも幾つか見過せない変更点があった。小説のほうは十一の断章から成っている。大学（当時は「官立学校」）教授の「私」には、中砂という友人がいた。かなり放埒な生活を送ってきたらしい中砂は遅い結婚で女の子を得たが、すぐに細君を西班牙風で失ってしまう。

中砂は乳母として、かつて彼が東北の学校で教授をしていた頃に知り合った元芸妓を呼び寄せ、後妻にする。ふさというその女性と、東北に中砂を訪ねていった際に「私」も親しく接したことがあった。それから中砂も病であっけなく逝ってしまい、「おふささん」と血の繋がらない娘が残される。やがて「私」の家に、娘を連れたふさが中砂が貸したままの本やレコードを返してほしいと何度もやってくるようになる。

映画もおおまかな物語は同じだが、まず細かいところでいうと、名前のことがある。小説では名前の記されることがなかった「私」は、映画では「青地豊二郎」という姓名を与えられており、陸軍士官学校の独逸語教授の名刺を持っている。彼は主人公というより狂言回し的な役割で要所要所でナレーションも務める（あとで書くつもりだが、この「青地」という名前は、あの映画のもうひとつの「原作」に出てくる）。「中砂」は変わらずだが、芸妓の名は「ふさ」ではなく「小稲」だ。スペイン風邪で病没する中砂の妻は、小説では名前がないが、映画だと「園」である。そして中砂が遺した娘は、小説では「きみちゃん」だが、映画では「豊子」と呼ばれているのである。知らないうちに自分の名前から一字が採られていたことに青地が戸惑う場面もある。

これはいかなる意味を持つ変更だろうか。想像を推し進めていくと、ひょっとすると豊子は中砂の子ではなく、青地と園の間に出来た娘なのではないかという推測が生じてくる。じつはこれは表面的にはまったくそうは見えない寝取り話なんじゃないか。中砂はそのことに気づいていたので娘を豊子と名付けたのだ。映画の中砂はこれも小説とは異なりトルエン中毒の果てに自死したことになっているが、これも寝取られ男の悲惨な末路と考えられなくもない。更に言えば園が死んだとき、映画の青地は中砂が殺したのじゃないか、と理由もなく邪推するのだが、これも勘ぐろうと思えば幾らだって勘ぐれる。

もちろんこのようなことは映画でも（小説でも）明示されることのない、いわば妄想に過ぎない。だがこう考えてみると色々と妙に辻褄が合うように思えてくることも事実である。映画の中砂は言う。「男ふたりに女がひとりか、考えてみれば危なっかしい関係だな」。この台詞も小説にはない。中砂はめくらの門付け三人組を見て言ったので、もちろんこれは彼ら自身のことではないのだが、この映画にはおそらく裏側にもうひとつのストーリーが隠されているんだ。脚本家と監督は原作の小説を判じ物のように読み解いて、観客にも暗にそれに気づかせようとしたんじゃないか、とわたしは興奮して電話でMにまくし立てた。すると彼女はそっけなく、誰かがそんなようなことを書いてたよ、と言ったので、わたしはがっかりした。

しかし自分の独創ではなくとも、わたしはこの解釈にかなりの自信を抱いていた。いや、あの奇っ怪な映画ばかり撮る監督は歴然とあの映画をそのように作ったのだ。というよりも、そもそもあの小説にはもうひとつの、よりリアルで陰湿な物語がはじめから埋め込まれていたことを彼らは見抜いたのだ。いや見抜く必要さえない。要するにあれはそういう話だったのだ。読む者はただ、そこにすでに埋まっているものを掘り出せばいいだけなのだ。そう、まるで土の中から石を掘り出すようなものだからけっして間違うはずはない。

ここからは現在のわたしによる補足だが、小説と映画には、もうひとつ、より決定的といってよい違いがある。映画の園と小稲は同じ女優の一人二役で演じられているのである。映画では二人の女は瓜二つという設定になっており、中砂の家で小稲を見た青地が吃驚する場面もある。小説には二人が似ているという記述は存在しないので、これは純粋に映画のオリジナルな発想ということになる。大谷直子というその女優は、二人の別々のおんなを、ほとんど同じおんなのように見事に演じ分けていた。このことにもわたしはひどく感心した。もともと同じなのだから、似せる必要もなければ変えることもない。一人で二人は二人が一人ということなのだ。狐の穴に落ち込んでしまったのだから、もう後戻りはできませんわねえ、というMのお気に入りの台詞は、園でも小稲でもある、二人のどちらでもある、しかし当然のごとくそのどちらでもありはしない、直子という女が発したものだった。

そういえば、あの映画には睡りにかかわる場面もあった。青地家の応接間で、知人が青地に聞く。どうした、寝不足かい？　いやあ、寝不足どころか一日中寝て暮らしてますよ、いくら寝ても寝足りなくてね。中途で目が覚めると枕元の水を飲んで、また睡る。そう言ってから青地は、最近、その水がいつのまにか減っていることがあるのだと言い出す。気味悪がった知人が、それは自分で飲んだんだろうと茶々を入れると、こないだなんか夜中に水を浴びせかけられたような気がして、朝になったら顔がぐっしょり濡れているんだ、と語る。これも「もうひとつの原作」に出てくる挿話だ。

ぜんたいとして、映画の脚本は「原作」を精妙かつ大胆に換骨奪胎していて、登場人物が発する言葉もかなり書き換えられているのだが、特に本筋とは関係のない、だが意味ありげな、次のやりとりは、ほぼそのまま残されている。「風が吹いてきた」「暗いところを風が吹いているんだよ」。これはわたしのお気に入りの台詞だ。

『フォー・スリープレス・ナイト』は、不自然なまでに暴力的な、あまりの過激さにほとんどスラップスティックな雰囲気さえある盛り場の場面の後、急速にトーンダウンする。「私」の友人の恋人の実の母親からは結果として何ら有益な情報を得られなかった。ただ、彼女が娘に対して今でもある種の執着のようなもの、もしかしたら愛情のような何かを保持していて、むしろそのせいで会うことができなくなっているのだということが、うっすらとわかっただけだった。またもや捜索隊は壁にぶち当たったわけだが、彼女の母親は娘が一度だけ訪ねてきたことがあると証言した。そのときあの子は二人の友達と一緒だった。どちらも女の子で、こんな場所には似合わないお嬢さま方だったわよ。二人の容姿を聞いてみると、どうもその片割れはあの勉強会の女らしい。ではあのとき彼女は嘘を言ったのか。これはいったいどういうことなんだ。すぐさま「私」たちはその女ともだちの部屋に取って返すのだが、そこはもぬけの殻だった。そこで今後取るべき道は二つに分かれる。このまま消えた女ともだちを探すか、その線は捨てて本来の目的に戻るか。「私」は前者を推すのだが、友人は後者を選択する。しかし結局、二人はその女ともだちと数時間後に再会することになる。

このようにして「私」と友人は次々と見え隠れする彼女の痕跡のようなものに翻弄されながら深夜の街を疾走する。さまざまな種類の人々との接触や交渉、面談や聞き取りなどなどを経て、ばらばらの点と点をやみくもに繋いでいくような捜索の過程は、一種の都市小説の様相を帯びていく。固有名詞の一切を欠いた、抽象的でいて妙に生々しい質感を備えた「都市」の相貌。何人もの識者によって指摘されていることだが、このあと『フォー・スリープレス・ナイト』で語られていく挿話の数々は、どう考えても一晩の出来事とは思えない。この日の夜はいったい何時間あったんですか、と訳知り顔のインタビュアーに問われたＹ・Ｙは、笑みを返すことなく、むしろ生真面目に答えたものだ。おや、あなたはいったい、一晩はどのくらいの長さだと思っているのですか？

しかしさすがに少し急がなくてはならないだろう。何しろ『フォー・スリープレス・ナイト』は原稿用紙千枚もある大長編なのだから、すべてのあらすじを記そうとしていたらきりがない。数多の事件と冒険を切り抜けて、だが友人と「私」は彼女を見つけられないまま朝を迎える。手がかりは幾つもあったのに、どうしても彼女にたどり着けなかった。いや、僅かな時間差で取り逃がしたと思ったこともあったが、それでも彼らはこの奇妙な、シリアスでもコミカルでもある、滑稽でも悲愴でもある、一晩がかりの鬼ごっこに負けつつあることを認めざるを得ない。疲労困憊した二人は、いったん解散することにする。もちろん捜索は続行するつもりだが、朝には車を返す約束をしていたし、着替えだって必要だ。「私」は途中の道で友人を降ろしてから先輩の家に行き、車を駐車場に戻すと、キーをポストに放り込む。歩いて自分の部屋に帰ってくると、ドアの前に先ほど別れたばかりの友人がひどく取り乱した様子で待っている。「私」は彼に連れられてふたたび彼女の部屋に行く。睡眠薬の過剰服用で意識を完全に失った友人の恋人の体がベッドに横たわっている。キャサリン・マンスフィールドは本棚に戻されている。すぐに救急車が来て病院へと運ばれた彼女はしかるべき処置を施されるが、助からない。「私」の友人の恋人であり「私」の友人でもあった女性は、鬼ごっこに勝ったのだ。

あの日からMは少しずつ変になっていった。相変わらずわたしと会ってはいたが、夜よりも昼間のほうが多くなった。どうしたのかと思えば、最近なんだかよく睡れるの、と言う。これはいいことなんじゃない？　それはそうだ。だがそれとともに、明らかに彼女は元気がなくなっていった。最初は気がつかなかったが、それまでのいくぶん躁的な活発さは次第に減衰していき、一緒にいるときも黙っている時間が増えていった。だがそれは陰鬱なものではなく、どちらかといえば穏やかで安らかな静けさのように見えた。つまり睡れるというのはこういうことなんだろう、とわたしは思った。もしかしたら本来の彼女はこんな人間なのかもしれない。だがその考えは間違っていた。微妙に、だが致命的なまでに間違っていた。やがてMからの呼び出しは目に見えて減っていった。わたしの部屋に泊まることも、その逆もなくなった。会うと彼女は、決まってあの出来事を話題にした。しかし周知のように、あのときは誰もがそうだったのだ。わたしもまた皆と同じく、日々新たなニュースが報道される事態の推移を固唾を呑んで見守っていた。

しかしMの場合はそれとは些か関心の所在が異なるようだった。彼女は事件を起こしたとされる者たちにかんしては何ひとつコメントを述べることがなかった。国家とまた別の国家、イデオロギーとまた別のイデオロギー、宗教とまた別の宗教のあいだの対立や争いについても何も言わなかった。彼女が話したのは、あの出来事で死んだひとたちのこと、あの出来事で死んだひとたちがこの世に残していったひとたちのこと、それればかりだった。しかしMは可哀相という言葉は一度も口にしなかった。彼女が話したのは、話そうとしたのは、とつぜん亡くなってしまった者たち、とつぜん愛する者に亡くなられてしまった者たちの、名前や職業、生前の様子、どんな人間だったのか、どうやってこの事実を受け止めたのか、そのようなことだった。さまざまな報道で知ったのだろう被害者たちのプロフィルを、彼女はわたしに次から次へと語り聞かせた。こんなひとだったんだって、あのとき、たまたまそこにいたんだって、こどもが生まれたばかりだったんだって。そんな話をするとき、Mはやはり穏やかで安らかに見えた。

Mと連絡が取れなくなったのは、もう冬に差し掛かった時期だった。携帯に電話しても留守番メッセージが流れ、メールの返信もない。どうしたのか、連絡が欲しいと伝言を残しても何も返ってこない。しかし間の悪いことに、ちょうどこの頃、仕事がむやみと忙しくなり、わたしは彼女の部屋まで行ってみることがなかなかできなかった。気になりながらも日々のあれこれに追われて時間が過ぎていった。Mからメールが届いた日には最後に会ってからひと月以上が過ぎていた。心配させていたとしたらごめんなさい。私は今、毎日毎晩すごくよくねむれています。寝不足どころか、一日中寝て暮らしてます。いくら寝ても寝足りないの。さいわい、いつの間にか水が減っていることはまだないけれど（ここは笑うところです）。ねえ、教えてあげる、地球上の幸福の量はね、常に一定なのよ、だから誰かの幸福が減ると、不幸せになるとね、どこかの誰かが幸せになるわけ。逆に誰かの不幸が解消されてゆくと、別の誰かが不幸になっちゃうの、プラスマイナスの計算が合うようになっているのね、この世界の出来事は。

私たち、もう別れましょう。最後の一言はそれだった。

わたしはなんとか仕事を調整してMの部屋を訪ねた。メールを受け取ってから数日後のことだった。ドアを何度かノックすると、中からMの小さな声が聞こえた。開いてるよ。部屋に入ってみると、そこはわたしが以前行ったときとは変わり果てていた。一言でいえば、Mの私的空間は完全に崩壊していた。部屋じゅうに脱ぎ捨てられた服や下着、そして大量の本が落ちていて、電灯は点いておらず、ライティングデスクの脇の小さなライトだけが微かな明かりを放っていた。Mはベッドに横たわっていた。布団はかけていなかった。枕に顔を突っ伏して、両手足を丸めたその姿は、まるで幼児のようだった。来たのね、と彼女は枕に顔を埋めたままで言った。その声はかぼそく、くぐもって聞こえた。来たよ、どうしたのいったい。私たち、もう別れましょう、って書いたよね、読んだんでしょう。読んだから、ここに来たんだ。へえ、うん、そうだね、こうなるしかないか。わたしは彼女が続きを言うのを待った。ねえ、あなたは何もわかってないと思うな。なんにもわかってない、何も知らない。どういうこと？　教えてあげる、あなたは最初から、なんにもわかってなかった、大いなる勘違いをしたまま、ここまできてしまったというわけなの。どういうことなんだ？　あなたは、病院でとつぜん声を掛けてきたのだったわね、ナンパだよねあれ、とMはクスクスと笑った。あれには驚いたな、あんな体験生まれてはじめて。私はあのとき、あなたが何を言っているのか、ほんとうに、さっぱりわからなかった。だってね、私はあなたが子どものときに会ったっていう、その女の子じゃないんだから。あなたは手の痣のことを言っていたけれど、私のは十七歳のときにできたのよ、それにあなたは左右を間違えてるんじゃないかしら。私はそんな病院に行ったことはない。あなたが勝手に思い込んだだけ、私はそれに合わせただけ。でも私は嘘はついてない、少なくとも自分からは。私があなたにこれまで話したことは、私がその女の子ではないという歴然たる事実を除けば、ぜんぶ嘘ではない。でも、嘘でなくてもほんとうとは言えないことだってある。だからどこまでがほんとうで、どこからがほんとうじゃなかったのか、あなたはこれから自分自身で考えてみなくてはならない。いえ、そんなことをする必要も義務も、あなたにはもうないのだった。だって私たちは今日を限りに、二度と会わないのだから。

わたしは驚きのあまり何も言えなくなっていた。それはほとんど恐怖に近かった。かろうじて、わたしのほうはMと別れたいとは思っていないと、別れたくないと、別れるなんて言わないでくれと懇願した。何がほんとうで、何がほんとうではなかったのか、これから一生懸命考えるから、お願いだから僕から去らないで欲しい、君があのときの女の子であるかないかなんて関係ない。そんなことはもちろんまったくどうでもいい。重要なのは今とこれからの君と僕とのことだ。僕たちはこれまでうまくやってきたじゃないか。なぜ、どうしてとつぜん、そんなことを言い出すの？　ほとんどわたしは叫んでいた。

するとと、信じがたいことに、いつのまにかMは睡っていた。寝息さえ立てて、すやすやと、穏やかで安らかに睡っていた。わたしは彼女の名前を呼んだ。M。M。M。わたしは睡り続けるMの横でどうすることもできずに立ちすくんでいた。

どれだけの時間が過ぎたのか、寝入ったときと同じくMは不意に枕から顔を上げて、こちらへと向き直った。ねえ、あなたは自分のことも、自分のことでさえも、全然わかってないのね。あなたは自分がどんな人間で、何をしているのかも、まったくわかっていない。わかってないの？それとも、わかってないふりをしているの？　わたしにはわからなかった。そのときのわたしには、ほんとうに何のことだか、さっぱりわからなかったのだ。わたしはただ、とにかくこの場を、この状況をどうにかしたい、Mの静かな激昂を何とかしておさめたい、それだけを考えていた。

すると彼女は言った。私はあなたを愛していた。最初で最後だから言ってあげる。私は、あなたを、愛していた。あなたは私を愛してる？　愛してた？　もちろん愛している。嘘つき！　あなたは私を愛してなんかないし、愛したことだって一度もない。あなたはこれまでに誰のことも愛したことはないし、これから誰かを愛することもない。あなたはそういうこととは根本的に無関係な人間なの、自分でわかってる？　いや、そんなことはないよ、とわたしが言う前にMは続けた。ねえ、教えてあげる、私はね、あなたが他の女と会っていることだって、ちゃんと知っているのよ！

六日目

ミンとルンはピクニックに来ている。ミンはミャンマーから不法入国してきた青年で、ルンはそのタイ人の恋人だ。二人は森の中で、昼間に会ったばかりの中年女性オーンに出くわす。その少し前、オーンは野外セックスに励んでいたのだが、相手の男がバイクを乗り逃げした盗人を追いかけていってしまい、することがなくなって山中を散歩していた途中でミンとルンに会ったのだ。三人は川で水遊びをする。陽が燦々と降り注いでいる。ほとんど会話らしいものはなく、まもなく映画は終わろうとしているのに、若者二人とオーンの関係も、いまだによくわからない。疲れたのかミンは川縁に横たわる。下着しか身につけていない。ルンは彼の褐色の逞しい腕の下にやはり褐色の小さな顔をもぐり込ませ、すでに寝入っているように見えるミンと同じく目を閉じてみるのだが、彼女はまだ睡くはないようだ。ミンとルンは先ほどキスをした。それは思いのほか情熱的な接吻だった。オーンは少し離れたところで横になる。二人のことが気になっている様子で、その表情には微妙な嫉妬の影が射しているようにも思える。女ふたりに男がひとり、考えてみれば危なっかしい関係だ。やがてオーンは静かに泣き出す。なぜ泣いているのかはわからない。ミンやルンとは関係ないのかもしれない。情事の相手に逃げられたからかも。彼女は起き上がり、早くも虫のたかり出した食べ物を川に捨てたり、タバコを吸ったりする。ミンはずっと睡っている。少なくともそのように見える。ルンはミンのパンツからペニスを取り出し、優しく撫でる。見る見るうちにそれは固く勃起する。だがそれだけのことだ。ミンはずっと睡っている。オーンもまた寝転がる。もう夕刻に近い時間だと思っていたのに、周りはまだすこぶる明るい。目に入るすべてのものが発光しているかのようだ。水の流れる音がしている。川の表面に葉叢の影が揺れている。今度こそルンも睡ることにする。彼女の瞳が、ゆっくりと開閉を繰り返す。だが、睡りに落ちそうになると、瞼を開けてしまう。小声で何か言っている、たぶん同じ言葉を、二度、三度。独り言のようだが、何を言っているのかはわからない。暗色の雲がにわかに蒼空を覆ってきた。どうやら雨になるようだ。

なんとも不思議な映画だった。ストーリーはよくわからなかった。全体としてやたらと時間の流れが遅く、特に終盤のピクニックのシーンになってからは台詞もほとんどなくなり、登場人物たちはただ寝ているだけで、実際にはせいぜい十数分くらいだったと思うのだが、体感としてはもっとはるかに長い時が経過していくように思えた。正直言って面白かったのかどうかさえ判断しかねる作品だったが、それでいて下腹の奥がむずがゆくなるような余韻が残る。それは映画を観てから一ヶ月以上経っても、明らかにセクシャルな触感としてわたしのからだに刻まれていた。国際的に評価の高いタイ人監督の新作の公開に合わせた特集上映の一本で、その映画が撮られてからすでに十年が経過していることをわたしはパンフレットを読んで知った。中年女を演じていた女性は新作にも出演していて、確かに十歳くらい年を取っているように見えた。もっとも女性の年齢はわたしにはよくわからない。逆だと言われていたら、そうだと信じていたかもしれない。

続きを書かなくてはならないのだが、さて、どの続きからにするべきか。今日は朝から外出していて、ひどく疲れた。仕事の打ち合わせで下北沢に出て、清澄白河の美術館に行き、銀座でひとと会い、新宿で夕食を摂って帰ってきた。どこもかしこも人だらけだった。まったく、こんな日に外の用事なんか作るのじゃなかった。いつもそう思うのだが、自分だけで決められるのならともかく、週末しか暇のない人のほうが多いのだから、時には相手に合わせなくてはならないこともある。展覧会は昨日始まったばかりということもあり、一般向けとは言えない内容の割には混んでいた。中に一つ、キャプションしか無い作品があった。題名は「空気」。アクリル、カンヴァス、空気、とあるが何も展示されていない。同行していた美術通によると内容の問題でキュレーターが展示に同意しなかったのだという。その展覧会自体が、かつて同じ施設で起こった同様の問題から企画されたものだったのだから、なんとも皮肉な事態というべきだろう。しかし全体として素人目にも見応えのある展覧会になっていた。ちなみに銀座で会ったのはＹ・Ｙである。そのことについてはあとで書く。

いやはや、なんという居心地の悪さだろうか！

何食わぬ顔で先を続けることだってできるのだが、やはり誤魔化しはよすとしよう。今更どうしようもないのだから、正直に真実を告白するしかあるまい。

実をいえば、今は「五日目」を書いてから長い長い時間が経過している。わたしは丸四年ものあいだ、これを放置してしまったのだ。どうしてこんなことになったのかといえば、書き出してから六日目に、とつぜん不眠が解消されたから、としか答えようがない。つまり、書く時間がなくなったのだ。他の仕事もこなしながら、毎日毎晩、あれだけの分量の書きものをこなすなんて、睡眠時間を削りでもしなければやれるはずがない。したがって、ふたたび平常の睡りが訪れたからには、自然とこの妙な文書はストップせざるを得なかったのである。そして、なんと千四百六十二日もの時が流れてしまった。

　もちろんこの四年間、片時も忘れることはなかった。誰に頼まれたわけでも、強いられたわけでもないとはいえ、中途半端なまま放り出してしまったことには忸怩たる思いがあったし、意志の弱い自分に何とも言えぬ情けなさを感じていた。しかしわたしは、あっさりと中断しておきながら、いつか自分は必ずこの続きを書くだろうとも思っていたのである。そして実際、わたしはこうしてまた書き出した。大丈夫だ、日にちはちゃんと連続している。曜日が巻き戻ってしまいはしたが（また日曜日だ）、大した問題ではない。

　最初に書いた映画は、ほんとうは四年前に観たのである。そのあとは現在の話だ。わたしはリハビリのつもりで愚図愚図と過去に戻るのを先延ばしにしようかとも思ったが、なんだかそれも馬鹿らしくなってきた。だが、ともかくもそうとうに気力が必要なことをやっているのだから、多少の逡巡は勘弁してほしい。もちろん、わかっている。書き始めたからには書き終えなくてはならない。終わらせなくてはならない。でなければ全てを破棄するしかなくなる。もちろんそれだってわたしの自由なのだ。しかし、この四年間、わたしはそうはしなかったのだから、結局のところ、いつかは続きをやる定めになっていたのだし、そうであるのならば、老作家がまたひとつ正式に歳を取った年の今日という日ほど、再開にふさわしいタイミングはなかったのである。

Nとは仕事先で知り合った。彼女はかつてわたしが通っていた大学に在学中で、年が離れているにもかかわらず共通の知人がいた。はじめて連絡を貰った編集者がインターンとして連れてきたのだが、Nは打ち合わせの最中は一言も喋らず神妙にしていたものの、事務的な話が一区切りついて雑談に流れると、或る男の名前を口にして、お知り合いですよね、と言った。彼女は、わたしが大学時代に所属していたサークルの後輩が掛け持ちしていた別のサークルの後輩ということだった。大学をやめてから特にその男と親しくしていた覚えはなかったが、どういうわけか彼はNにわたしの話をしたらしい。それで今日お会いできるのが楽しみだったんです。七十四時間も睡らないでいたなんて、いったいどうやったんですか？

それは一種の無茶な武勇伝であり、どうやらわたしが大学に行かなくなったあとも真偽不明の伝説として語り継がれていったらしい。きっかけは小学生のときに不眠に陥った話をしたことだった。あのときは大変だった。今だからこうして笑って話せるが、当時は極めて深刻で、たぶん丸々三日は睡れなかったんじゃないかな。俺はまだ十一歳だったんだ。この世の終わりかと思ったよ。それを聞いたサークルの連中は、三日間も睡らないなんて、クスリでもキメてたわけじゃあるまいし、それはまず間違いなく子どもならではの大袈裟な思い込みで、ほんとうは合間合間に少しは寝てたんだろう、などと茶々を入れた。わたし自身、かなりオーバーに話したことは自覚していたが、そのときは売り言葉に買い言葉で、そうかそうか、それほど疑うなら証明してみせよう、俺はこれから、ここで三日間ずっと寝ないで起きているから、持ち回りで監視体制を組んで見張ってくれ。もしも七十二時間以内にたった一秒でも睡りに落ちたなら、記憶の錯誤か嘘っ八だったのかはともかく、潔く過去の記録も不可能を認めて謝罪しよう。なんなら何か賭けるかい？

じつに阿呆らしい話だが、そうしてわたしは自らの意志で不眠マラソンに突入し、丸三日とプラス二時間まで監視人たちを相手にだらだら喋ったり本や雑誌を捲ったり飲んだり食べたりしながら覚醒を維持したあげく、いきなり昏倒して不眠記録を中絶し、しかし偉業は達成されたのだった。その時の当番だった男はわたしが椅子から崩れ落ちて痙攣しているのを見て慌てふためき、すぐさま救急車を呼んだ。だがしかし、わたしはただ睡っていただけだった。病院のベッドで二十六時間ものあいだ昏々と睡り続けたあげく、わたしは健やかに目覚め、初老の医師から説教を食らった。いくら若いからといって、なんて馬鹿なことをするんだ、今はそんなすっきりした顔をしているが、下手をすれば永久に睡ったままになるところだったんだぞ。

わたしの後輩でNにとっては先輩にあたる男こそ、わたしが失神したときの当番だった。でも本当にすごいですよね。私は睡るのが趣味と言ってもいいくらいに毎晩惰眠を貪ってしまうので、到底信じ難いです。その後、自己記録の更新に挑戦したことはあるんですか？　あるわけがない。十一歳の時みたいな不本意な不眠症にならら罹ったことはあるけれど。じゃあ先輩は、もともとあまり睡りを必要としない体質なんですね、とNは感心した風で言ったが、わたしはそれも否定した。いや、そんなことは全然ないよ、睡れないのはもちろんつらい、つらいに決まってる。人間には睡眠が必要だよ。

二人で会うようになってみると、Nは最初の時の物怖じしない態度とはいくぶん異なる性格の持ち主のようだった。どちらかといえば彼女は寡黙で、神経質だった。Nはインターン先のような職種を選ぶべきか、大学での専攻を活かした仕事を模索するかで、かなり悩んでいた。彼女の振る舞いには毅然としたところと繊細なところが常に同居していて、わたしに対しても一定の距離感をいつまでも崩そうとしなかった。Nはわたしを先輩と呼び続け、まさに後輩が先輩に対してするような親しさと丁重さの入り混じった口の利き方を敢えて保とうとしているように思えた。それは敬愛に満ちたものと言えたが、他人行儀と呼ぶこともできたろう。わたしとしては、もっと気安い話し方を望んでいたのだが、それをこちらから求めることはいかにも「先輩」のしそうなことに思えた。

Nは何度か、彼女のいとこの話をした。わたしはそのいとこが女性なのか男性なのか、Nがたびたび話題にしても、なかなか判断することができなかった。Nと同い年のいとこである彼女もしくは彼は、高校までNと同じ学校に通っていたが、美術系の国立大学の受験に二度失敗し、埼玉の実家で三年目の浪人生活を送っているという。性別を確定できなかったのは、名前が男女どちらでもあり得るものだったのと、Nがいとこのことを語るときのさも親しげな様子が、同性で同じ年の、友だちのような親類に対するものであるようにも、幼い頃から一緒に育った、いとこでもある近しい男性に向けてのものであるようにも思えたからだった。もちろんNに訊けばすぐに答えは得られたのだろうが、わたしはなかなか尋ねることができなかった。どうしてかわたしは、Nのいとこの話が気に障った。彼女にはそんなそぶりはまったくなかったのに、わたしにはNがいとこの性別をさりげなく隠しているような気がしてしまったのだ。そしてそれはつまり、いとこが男性であるということを意味していた。要するにわたしは、それを確認することを忌避していたのだった。しかし事実はあっけなく開陳された。予想もしないことだったが、わたしと会う約束をしていたある日、Nはいとこを伴ってやってきたのだ。

いとこは男だった。彼はNの母の姉の息子であり、母親つまりNの伯母は高校の美術教師だった。彼は幼少時から画才を開花させ、中学高校と油絵で幾つもの全国レベルの賞を獲得していた。それだけに大学入試で躓いたのは彼以上に親のほうがショックだったらしい。これはNが前に話してくれたことであり、初対面の場では当然ながら話題にならなかった。いとこはおそろしく無口だった。Nが言うにはわたしの仕事に興味があり、一度会ってみたいというので連れてきたとのことだったが、喫茶店に入ってからも彼は何も喋らなかった。それでいて不機嫌には見えず、こちらに対して何か含むところがあるようにも思えなかった。彼はただ静かに座って、わたしとNの会話に耳を傾けていた。唯一、いとこが積極的な反応を見せたのは、Nがわたしの不眠記録の話を蒸し返したときだった。彼女からすでに事のあらましを聞いていたのだろう。いとこは興味深げな面持ちでわたしに尋ねた。七十四時間も起きていたあと、とつぜんの睡りに吸い込まれたその瞬間、何を感じましたか？　何かを見たりとか？　わたしの答えは、いや、あのときのことはほとんど記憶にないんだ。ただ、急に自分の全身が激しく震え出したことはわかった。でもそれは恐くはなくて、来るべきものがやっと来た、という感じだったね。ようやく安心したというか。いとこはNに似た笑みを浮かべて、そういうものなんですね、と言った。

いとこはごく幼い頃から、Nをモデルに絵を描いていた。それは全てが同じポーズ、彼のためにNの伯母の家の離れにしつらえられた簡素なアトリエで、アンティークの安楽椅子に腰掛けたNがまっすぐにこちらを向き、両の瞳を閉じているというもので、Nといとこが成人を迎えた記念に二人の母親である姉妹が制作した私家版の画集には、十歳から十九歳までの目を瞑ったN

の姿が数十人も並んでいた。画集のタイトルは「Sleeping Beauty」。なるほど。わたしはいとこに、どうして目を瞑らせているのかと尋ねてみた。自分の描く肖像画では、Nに限らず、いつも目は閉じていてもらうのだといとこは答えた。だってその方がモデルの方も気が楽だと思うし、それに恥ずかしいじゃないですか、こちらが見ているひとに見返されているのは。普通に誰かと会って話しているときだってそうなんじゃないか、相手を見るってことは、つまり自分も見られるということなのだし、とわたしは当然の疑問を口にしたが、いとこは微笑んだだけだった。

ささやかな画集の出版以後もNはいとこの絵のモデルを続けていた。目をずっと閉じてたら、睡くなったりしないの？　なりますよ、そうなったらこっそり寝ちゃう、◯◯◯ちゃんは最初のうちぜんぜん気づかなかった。それにもう完全に慣れてるから、睡ってても私、微動だにしないんです。それはすごいな。わたしは座ったまま睡るNの真向かいで黙々と絵筆を動かし続けるいとこの姿を、その開かれた瞳を、その表情を、彼がNに気取られないようにそっと立ち上がり、彼女に近づくさまを想像した。彼は物静かで大人しい好青年であり、小柄で痩せていて肌が白いところ、小指と耳の形、それから笑ったときの表情がNと似ていた。Nに自分の兄だと、あるいは弟だと紹介されていたとしても信じていただろう。わたしはいとこに好感を抱いた。

だが結局、彼に会ったのは、そのとき一度かぎりになった。あとで思うと、それはNなりの通過儀礼というべきものだったのかもしれない。彼女は屈託なくいとこの話をしながらも、わたしが内心やきもきしていることに気づいていて、一度ちゃんと面会させなくては、と思っていたのだろう。そしてそれはいとこに対しても同じだったのではないかと思う。

『フォー・スリープレス・ナイト』が世に出てから四年半もの歳月が経過した現在も、老小説家Y・Yの第二長編は出版されていない。わたしとの対談の時点で、すでに新作を執筆中と伝えられており、それはデビュー作とはまったく違ったスタイルの小説になるだろうと本人は予告していた。あんなむやみと人工的な、頭で拵えた構築物であることを思うさま誇示してみせているような小説じゃなく、もっと地味で落ち着いた、ほとんど事件らしいことが起こらない、つまりは枯れた、渋い物語を次は書いているんだよ。Y・Yらしい捻くれた韜晦にも思えたが、彼が『フォー・スリープレス・ナイト』とはいわば真逆のことをやろうとしているのだと、自分にはそんなことだってやれると証明してみせようとしているのだとわたしには思えた。挑戦に次ぐ挑戦ですよ。これは僕なりの私小説の試みと言ってもいいかもしれない。もっとも『フォー・スリープレス・ナイト』だって、ある意味で私小説だったわけなのだが。

しかしいつまでたってもY・Yの次なる長編は発表されなかった。この四年のあいだにY・Yが発表したのは短編小説ひとつだけだった。掌編と呼んでよいほどの非常に短い作品で、題名は

「文と文」。ふみとあやという小学生の女の子二人の物語で、ある晩、彼女たちは親に黙って夜中にこっそり家を出て、近くの山を登頂する。ふみとあやはそこでブンという少年に出会う。

あれ以後、Y・Yは時々わたしを呼び出すようになった。作戦会議と彼は呼んでいたが、何の作戦なのかわたしには皆目わからなかった。それでも数ヶ月に一度くらいのペースで、特に明確な用件もないのに彼から連絡があると、わたしはいそいそとスケジュールを調整して、老作家との面談の時間を持った。それは彼を敬愛しているからだし、断わる理由が見つからないからでもあった。今日の銀座もそうだった。例によって彼は、僕もやっと十八になったよ、と嬉しそうに語った。わたしの誕生日のことは何度目かの作戦会議の際に伝えてあった。まだ夕方に差し掛かったぐらいの時刻だったが、Y・Yは早速ワインを注文し、わたしたちはお互いの生誕を祝って乾杯した。そういえば君はお祓いには行ったのかい？　わたしは虚を突かれて数秒間黙った。いや、考えてもいませんでした。やったほうがいいのかな。適当に言葉を継いでいるだけだったが、老作家は真顔で頷いた。やけに背の高い給仕がやってきて、ワインのおかわりはいかがですか、と尋ねた。じゃあ同じのをそれぞれに、とわたしに確かめもせずに答えて、給仕がその場を離れると、そちらを軽く指差してから、髭が伸び過ぎだ、と言った。

Y・Yは年のせいか、だんだんと酒癖が悪くなっていた。相変わらず装いはダンディだし、背筋も真っ直ぐで矍鑠として見えるとはいえ、古希を越えているのだから致し方あるまい。今日も彼はあっという間に酔っぱらった。わたしは長々と続く教養と機知に溢れたＹ・Ｙの駄弁に相槌を打ちながら、ここを出て新宿に移動するタイミングだけは逃さないようにしなくては、と考えていた。まだしも、とも、困ったことに、とも言えるだろうが、Ｙ・Ｙは泥酔に近い状態になっても寝てしまうことはなく、延々と喋り続けた。ああ、ひさびさに馬に乗りたいなあ、と彼はとつぜん言った。乗馬、したことあるかい？　ありませんね。したらいい。馬はいいよ。まだ夜が明けないうちに、白い馬を駆って、遠くの空の薄明に向かって、ひた走る。それは一体、いつ、どこでの想い出ですか、とわたしは訊こうかと思ったが、やめておいた。そろそろ、とわたしが言い出すと老作家は、そうかい、僕はもうしばらくここにいるよ、いやいや、金は置いてかなくていい、ああ、君のこないだの、とても面白かった。またしても新境地だね、じつに羨ましい、僕もそろそろ本気でフィニッシュしないとな、と言った。

　長いブランクが挟まったわりには、なかなか快調なのではないだろうか。これならば続けられそうだ。ひとまず今夜のところはここまでにしよう。

七日目

驚いた。昨夜、まずまずの気持ちで「ひとまず今夜のところはここまでにしよう」と書きつけてから床に就いたのだが、それからわたしは睡れなくなってしまったのだ。信じ難いことだが、朝まで一睡もできなかった。昨日、これを書くことを再開したのは、また不眠が始まったからというわけではなかった。わたしはただ、四年も過ぎてしまったからには、ここでやらなくては全部が無駄になると思い立ち、自分に発破を掛けたのだ。

なのに、これでは因果が逆さまではないか。不眠の訪れをきっかけとして開始した、この手記とも日誌とも告白ともつかない不格好な書きものを、長い中断を経てふたたび書き出した途端に、不眠も一緒に舞い戻ってくるなんて。だが、まだわからない。確かにわたしの体は、睡れなくなるあの感じ、を思い出しつつあるようなのだが、気のせいかもしれない。考え過ぎてはいけない。そう思うと、そうなってしまう。

長い長い一晩、一睡もすることのなかったあの日の夜の回想が終わって、ようやく『フォー・スリープレス・ナイト』の「私」は八十八歳の現在時に還ってくる。傍らでは目覚めたときから目の前にいた老女が座り、うつらうつらしている。まったくあの夜は大変だった。あのあと、友人とは次第に疎遠になっていった。彼が自分を無二の親友として頼りにしていることは明白だったが、だからこそ距離を置かなくてはならなかった。忽然といなくなったはずの部屋に、友人の恋人はいつのまにか戻ってきていた。そしておもむろに身支度を整え、永遠の睡りにつけるだけの量の睡眠薬を摂取し、ベッドに横になって目を閉じたのだ。

なぜ、一度アパートに戻ってみることを思いつかなかったのか。彼女が朝になるよりも前に部屋に帰ってくるという発想は、どうして生まれなかったのか。なぜ、キャサリン・マンスフィールドの小説から抜き出された「私はどこにもいない」という文章は、ほんの少し切れ目を変えれば「私は今ここにいる」になるということに気づけなかったのか。なぜ、彼女の自死を防げなかったのか。なぜ、彼女を救えなかったのか。こうした悔恨のすべては、友人のものではあっても「私」のものではない。なぜならば最初から「私」は、何もかもを知っていたのだから。

そう、あの夜の出来事、あの必死の捜索、あの探偵ごっこは、その全部が、友人の恋人によって事前に綿密な台本が書かれ、他ならぬ「私」が助演男優として何とか演じ通した、一晩がかりの大芝居だったのだ。そのことを「私」は思い出す。自分は彼女に懇願されて、何度も説得されたあげく、遂に根負けして、あの茶番の片棒をかついだのだ。

だが茶番とはいえ、あれは彼女自身がほんとうにこの世界から完璧に退場してしまうための、まさに命を賭けた茶番だった。どうして「私」は、そんな取り返しのつかない暴挙に加担してしまったのか。彼女が自分を抹殺しようとした理由と、それを「私」がサポートした理由は異なっている。前者は彼女が彼女自身をどうしても赦すことができなかったからだし、後者は、煎じ詰めれば「私」が彼女を心底愛していたからだ。友人は最後の最後まで、この芝居の真の筋書きに気づくことはなかった。彼は彼なりに全力で彼女のことを愛していたし、彼女はそんな彼のことを愛していた。そこには嘘偽りは欠片もなかった。そして「私」は彼女のことを頭がおかしくなるほど愛していて、それを友人はまるでわかってはおらず、わかっていなかったがゆえに、恋人と「私」の計画にまんまと嵌められてしまったのだ。

だが、これは悲劇ではない、と「私」は考えた。敢えて言えば、誰ひとり笑わない喜劇だ。とはいえ「私」は自分のしでかしたことを後悔していない。友人を巧みに誘導し、正しい道筋から視線を逸らし、それでいて随所にヒントらしきものもさりげなくちりばめながら、三文役者である「私」は無二の親友を夜中じゅう引っ張り回して、彼女に彼女を殺すための時間を与えたのだ。

それは、そうするしかなかった、ということなのだ。このように「私」は自己正当化を頭の中で主張するが、何かが引っかかる。本当にそうか？　あの夜、自分が取るべきだった行動に別の可能性は本当になかったのだろうか？　ひょっとすると自分は、最初から最後まで、何もかも勘違いしていたのじゃあるまいか。彼女の望みをかなえるしかないとあのときは思った。だがしかし、彼女の望みとはいったい何だったのか、自分は真にわかっていたのだろうか。「私」は次第に混乱してくる。もちろん、いずれにせよそれは六十六年も昔の出来事なのだから、何をどう考えようとも、すべては手遅れなのだ。そのことが「私」を慰撫する。しかし、こうして目が覚めて、あの夜の一部始終を思い出すことができてよかった。もはや埋めようのないほどの長い時間が経過した今だからこそ、自分はこれからあらためて、あの不眠の夜に自分がしたことの意味を、よくよく考えてみることにしよう。そう思うと同時に「私」は、はたと思い至る。これは何度目だ？

あの医師はなんと言っていたか。自分は目覚めるたびに前に目覚めていたときのことを忘れている。睡るたびに記憶がリセットされてしまうのだ。ならば当然のごとく、今、思い出したばかりのあの夜の回想だって、すでに何度も繰り返してきた、しかしそれをぜんぜん覚えていない、n度目の作業であるのかもしれず、今、自分の中にわだかまっているものが、後悔なのか疑念なのか自責の念なのかもよくわからないが、こうして、今、考えていること自体、あの不眠の夜に自分がしてしまったことの意味を、これからもっと時間を掛けて考えてみなくてはならぬというこの焦燥自体が、このあと、まもなく、今にもあっさりと睡りの中に溶けていき、どこかに消えてしまうということになるのではあるまいか。そしてそうなってしまったら、そうなってしまったことさえも、自分は覚えていられないのだ。すべて忘れてしまうのだ。いつかまた目覚めるとともに、はじめからやり直すしかないのだ。

と、こう考えるのだって、きっと間違いなく、すでに何度目かなのだと思いつき、「私」は慄然とする。一睡もできなかったあの夜は、目覚めてみたらすっかり老いさらばえてしまっていた「私」の睡りと目覚めに合わせて幾たびも回帰し、おそらくはほとんど同じ想起のプロセスを踏んで、朝を迎え、不意に途切れ、また次の覚醒までのあいだ、静かに睡り込む。もちろん「私」は、そんなことは何ひとつ覚えていない。だが、きっとそうなのだ。このあとまもなく、今にもあっさりと自分は睡り込み、二度と目覚めることのない永遠の睡りがやってくるまで、あの夜をひたすらに反復し続けるのだ。そこで「私」は思う。どうせ自分の意志にかかわらず唐突な睡りがやがてはやってくるのなら、それまでの時間、あとどれだけ残っているのかもわからないこの今の覚醒の時間を使って、もう一度、あの夜の出来事を、そのはじまりまで巻き戻して、しかし今度は、あたかもすでに書かれた物語に上書きするかのようにして、あの睡れぬ夜に起こったこと、起こってしまったこと、起こしてしまったことを、起こるべきだったこと、起こっていたらよかったことへと改変し、書き直し、思い出し直してみるのはどうだろうか。

これはなかなか良い考えだ、と「私」は思う。それはもちろん、自分が思わぬへまをやらかして友人の恋人の計画が失敗するという筋書きだ。つまり彼女は死ぬことなく朝がやって来るわけだ。「私」は明らかに無意味で無責任な自分の思いつきに苦笑しつつも興奮を禁じ得ない。さて、どこからやり直そうか。ふと気づくと、部屋の隅で睡っていたはずの老女の顔がいつのまにか目の前にあり、ひどく取り乱した表情で何かを言っている。だがどういうわけか、その声は聞こえない。まるでサイレント映画のクローズアップみたいだ。先ほどまで低音で鳴っていた空調の音も、壁の向こうから漏れ聞こえてきていた廊下を行ったり来たりするパタパタというスリッパの足音も、何ひとつ聞こえない。完全なる静寂が「私」の世界を支配している。すでに「私」が睡っている。『フォー・スリープレス・ナイト』の語りは、ここで「私」の一人称のまま、醜く年老いた「私」の睡る姿を描写する。そしてそのあと、大方の読者の予想通りに、小説のはじまりに戻るのだ。

Nに誘われて、わたしはその筋ではよく知られた小さな劇場で、なんとも珍妙な芝居を観た。

舞台と言えるようなものはなく、コの字型の客席に囲まれたスペースの真ん中に布団が敷いてあり、その周りにそこがアパートの一室であることを表す最低限の家具や小道具、机やテレビや金魚鉢などが雑然と配置されている。出演者は女性二人だったが、Nの話によると同じ台本で男女の俳優が演じる回もあったらしい。わたしたちが観た回は女優二人のヴァージョンだった。最初から最後まで場面転換はなく、役者の出入りもない。二人がえんえんと他愛のない雑談を交わす、ただそれだけの芝居だった。片方が何度もそろそろ寝ようと言うのに、もう片方はまだ睡くないらしく、なんとか相手を寝させまいとする。とはいえそれは丁々発止のやりとりといったものではまったくなく、二人の会話はシリアスさを完膚なきまでに欠いており、とにかくやたらとだらしている。睡いほうが、睡くないの、と尋ねると、睡くないほうは、寝るのがもったいない、寝ちゃったら何もできない、と答える。すると睡いほうは、睡る、ということをしてるのだから何もしていないわけではない、などと屁理屈っぽいことを言う。じゃあずっと寝てろって言われたら寝てる？　寝てるよ。一年とかだよ。うん。百年とかだよ。え、うん。じゃあ百年寝てなよ。うん。百年寝たら、みんないないよ。

いつのまにか外では雨が降り出していて、しかもどうやらかなりの大雨のようだ。どういうわけか部屋のあちこちから拾った覚えのない貝殻が見つかり、まるでそこが海の底であるかのような雰囲気が生じてくる。もちろんそんなわけないのだが、降り続ける雨によって全世界が水中に沈んでしまい、ただこの部屋だけが筏のようにぽかりと浮かんでいるかのような、淡い錯覚があたりを漂い出す。二人の会話は、単なる無駄話のようでもあるし、一種の睦言のようにも、取りようによっては哲学的な深い含蓄があるようにも思えてくる。しかし結局のところは、おやすみ前のおしゃべり、それ以上でもそれ以下でもない。だがじわじわと、二人でいるのでさみしくない、という感じと、二人でいてもやっぱりさみしい、という感じの両方が重なり合いながら浮かび上がってくる。

芝居の終盤に、睡りたいほうが、もうこれでおしゃべりはおしまい、という感じで、おやすみなさい、と言うと、睡くないほうが、知らないうちに他の人間が全部死んでしまってたらどうしよう、もしそうでもわからないね、と唐突に言う。睡いほうは一瞬聞き返すが、おやすみ、ともう一度言う。仕方なしに睡くないほうも、おやすみなさい、と言う。二人は手を繋ぐ、すると睡くないほうが、おやす、ま、ない、さい、と言う。何それ？　寝て欲しくないときのあいさつ。おやすまなさい。だが、もう返事はない。睡かったほうは遂に寝てしまった。ねえ…。溶暗。

Nがわたしを誘ったのは、もちろん睡眠にかんする芝居であるからだった。評判は聞いてましたが、当たりでしたね。あんなに面白いとは私も思っていませんでした。駅までの道すがら、珍しくNは多弁だった。どこがそんなに面白かったの？　どこというか、全体ですね、全編を通じての、あのだらだらとした空気感、一分の疑いようもなく駄目な感じ、その駄目をやんわりと抱擁するような感じに癒されました。ふうん。先輩はいまいちでしたか。いや、そんなことはないよ。自分はどっちの側だろうと思いながら観てた。どっちなんですか？　どちらでもないかな。睡りたくないと睡たくないと睡れないは違うよね。それはまあそうですね。

繁華街まで出て居酒屋に入った。その時分に行きつけにしていた穴場というべき小ぶりの店で、その夜もわれわれの他は片隅で老人が一人で酒を飲んでいただけだった。それにしても若者の多いこの街中には珍しい客だとは思ったが、席が離れているのでどのぐらいの年かはわからない。ただ白い髭をありたけ生やしているから年寄りということだけはわかった。芝居の感想戦はしばらく続いたが、やがて話題は起きたばかりの、世界的に著名なポップシンガーが逮捕された件に移った。罪状は少年への性的虐待で、その歌手は十年前にも同様の疑いを掛けられていた。Nは彼のファンだったと言い、過去形を使ったのに気づいて今でもいちおうファンだと言い直した。でも、以前のこともあるから今度ばかりは単なる冤罪だとは言い切れないですよね。もちろんまだ何もわかっていないわけだけど。そもそも私は彼がいつのまにか標榜していた「永遠の子供」みたいなイメージは性的な問題以前にいかがわしいと考えていたんです。誰だってそう思いますよね。自分の屋敷をネバーランドと名付けるなんておかしくないですか。私は音楽家としての彼が好きなだけです。私生活なんか本当は知りたくもない。わたしはといえば、十年前の訴訟のとき、自白剤としても使われるという催眠剤が取り沙汰されていたが、あの薬物の名前は何だっけ、と考えていた。アモバルビタール、アミタールだ。

歌手は他人の子どもと一緒に寝た疑惑を持たれていた。なかなか睡ろうとしない子どもを彼はどうやって寝かしつけたのだろうか。やはり子守唄か。それならお手の物だろうが、聴き惚れて余計に睡らなくなってしまうのじゃないだろうか。もっとも、そんな牧歌的な光景とはまったく違う、おぞましい行為が毎夜繰り広げられていたかもしれないわけだが。よしてくださいよ、とNは本気で厭そうに言った。このときのわたしたちは当然ながら、まもなく歌手が起訴され、裁判が始まり、スキャンダラスな証言が次々と成され、結審と判決に至るまでにおよそ一年半が費やされること、その結果、彼がすべての容疑について無罪を勝ち取るということを知らない。しかしその後も、ポップの王様とまで呼ばれた歌手は完全復活とは必ずしも言えない状況が続き、この日から約五年半ののち、自宅で突如心肺停止状態に陥って救急搬送され、しかるべき処置を施されるが、長時間に及ぶ救命治療の甲斐なく、その半世紀に及ぶ生命活動を終了するということも、もちろんこの時点でのわたしたちには知る由もない。そしてその早過ぎる死が、彼が重度の不眠を訴えて主治医に処方を強要していた何種類かの睡眠導入剤の過剰摂取によるものであるらしいと報道されること、だが事の真相は結局、現在まで謎に包まれたままになってしまうことも、わたしたちはまだ知らない。あの薬物の名前は何と言ったっけ。プロポフォールだ。

見るともなしに視界の端を見ると、客の爺さんは茶碗のような大きなもので酒をぐいと飲んで、そうして、ふと白い煙を髭の間から吹き出した。Nが言った。この場合は音楽であるわけですけども、そのひとが創り出したものは異論の余地なく圧倒的に素晴らしく、その素晴らしさはまさに永遠のものであると思えるのだけれど、しかしそれでも、そのひとが何か絶対に擁護することのできないような非人道的なことをしたり言ったりしてしまったとき、そのひとが創った沢山の素晴らしいものでさえも俄に色褪せて、価値を失ってしまう、ということがあり得ますよね、これはもう、どうしようもないことに、とNは言った。そうだね。しかしそれは特に何かを創り出すひとではなくとも、ごく普通に生活しているだけでも、他のあらゆることにおいては疑いなくまったき良き人物であるのに、ある一点のみをもって、ただの一言によって、そのひとのことが全面的に信じられなくなってしまうということは実際にある。でも考えてみると、それはそれでずいぶん身勝手というか残酷な振る舞いではあるけれど。どうしてですか？　だってさ、まあその致命的な瑕疵が何であるのかということにもよるわけだけど、もしもそのことを最後まで知らないままだったなら、そのひとへの好評価は揺るぐことはなかったわけだよね。けれどもしかし、その事実はすでにとっくに存在していたのだとする、ただ自分が知り得なかっただけで、それはずっとそこにあったんだ。もちろんそれはそういうものなんだから仕方がないと言えばそれまでだよ、われわれはどうしたって全知ではあり得ない、神目線ではないわけだから。知らないままだったほうがいっそ幸せだったのにという見方だってあるかもしれない。でもそれって本当はどこかおかしいよね。知らぬままなら相手を否定せずに済んだというのも変だし、知った途端に何もかもがひっくり返るというのもやはり変だ。あとは順序というか時間の問題だね。その致命的な何かがいつのことなのか、ということも人格判断に複雑にかかわってくる。自分と出会うよりもずっと以前の出来事であり、それ以後は改心なり何なりして何ごともなく現在に至っているというのなら、かなり多くのことが赦せるという人は多いのじゃないかな。まあこれも内容次第だし程度問題だけど。こう考えてみると、問題の本質はむしろ、隠していた、ということにあるのかもしれない。ほんの些細なことでさえ、自分は知り得る立場だったのに、当然のごとく知っていてしかるべき関係であったのに、なにゆえか知らされていなかった、意識的か無意識的かはともかくとして、結果としては隠されていたのだと、その事実が露見した瞬間に思ってしまったなら、もう相手に対する信頼は根底的に瓦解してしまう、ほとんど理屈抜きに、相手への好意なり好感なりがあっけなく崩れさってしまっていることに気づく、ということだってあるかもしれない。Nが驚いたような顔で、こちらを凝視していた。どういうわけかわたしは不可解な熱弁を奮っていたのだ。あ、いや、ごめん。いえいえ。先輩はとても真面目なのですね。他人の心がどんな風に動くものかを、まるで機械の作動を点検するみたいに外側から見ているようです。そんなことは全然ない、ただの思いつきだ。

Nは呑み慣れない日本酒が回ったのか、普段の何倍も陽気になった。道もわからないのに前を歩き、わたしを先導するようにして、彼女は出鱈目な歌詞におかしな節をつけて唄った。「深くなる、夜になる、真直になる」。この夜、わたしたちははじめて朝まで一緒だったのだが、案の定、部屋に着いても彼女は今日観た芝居の真似をして、なかなか寝つこうとしなかった。意外にも先輩は寝たいほうなのですね。君が寝たくないほうの役を先に取ったんだよ。じゃあ共に睡らない選択をしますか。いやしない。明日も仕事があるからね。つまらない。おあつらえむきに雨脚が強まってきましたね。百年寝たら、みんないないよ。そうだね、それは少し睡り過ぎだ。他の人間が全部死んでたらどうしよう、もし[illegible]わた[illegible]ね、うん、でも、もしかしたら死んでいるのはこちらのほうかもしれないよ。こわいことを言いますね。いや、こわくはないのかも。睡りたいと睡りたくないのは歴然とした対立軸を形成しているけれど、ひとりで寝るときって、どちらなのかわからない場合のほうが多くないですか。誰かと一緒だと、どっちが先に睡ってしまうのか、どっちが置いてけぼりにされるのか、という競争が生じるけれど。せーの、で同時に寝るのはかなり困難ですものね。どちらかがずるをしそうだし。自分が睡ってるか睡ってないか判別できないことだってあり得るよ。半分睡ってて半分目覚めてるみたいな。おやすみ。あ、いま、おやすめ、って言いましたか？　言ってないよ。それはひょっとして、寝て欲しいときの、命令形？　Nはクスクス笑った。おやすめなさい。おやすまなさい。おやすみなさい。

八日目

不眠継続中。昨夜もたぶん一睡もできなかった。どうしたものだろうか。また病院通いか。どこかに薬が残っていたかもしれない。だが過去の経験に照らしても、それが効くとは限らないし、それにまだ二日目だ。若い頃とはいえ、わたしは自分の意志で三日以上睡らなかったことさえあるのだから、このくらいは大丈夫、それに今夜はきっと睡れるだろう。なにしろすでに先ほどから、わたしの鼓膜は睡魔の微かな囁きを感知しつつあるようなのだ。だがとりあえずは続きをやることにしよう。ここでまた中断してしまったら元も子もない。

睡眠不足になると、わたしの場合、てきめんに眼に影響が出る。まず、視界がだんだんと白っぽくなってくる。目の前に見えているものが薄く透けていくとでも言えばいいだろうか。半透明ということではない。ホワイトアウト。だが光っているというのとも違う。そう、それは白い紙のよう、何も印されていない本の無地の頁のようだ。束見本というものがあるが、あのめくってもめくっても真っ白が続くばかりの頁が外界の風景に織り重なり、色やかたちを徐々に覆ってゆく。かといって見えなくなるわけではないし、見えにくいわけでもない。そこに何があるのかは確かに見えている。だが、とにかく白くなるのだ。

白は色なのだろうか。白は黒と同じく、色彩というより明るさの表現である。何であれ明度を上げていくと、しまいにはただの白になるだろう。その逆も同じで、明度を下げていった先には、黒が待っている。白い無と黒い無。しかし黒とは違い、白には何種類かあるのではないか。誰もが知っているように、白いものをいくつか並べてみると、それらはまったく同じには見えない。白さには微妙な階調や傾向のようなものがあるのだ。それも明るさの違いということなのか。わたしの不眠の白は、紙の白、書物の頁の白だ。

ところが、そのまま不眠が続くと、やがて白が青へと変化してくる。最初は青白さと形容すべき感じだが、次第に青のほうが強まってきて、白さのほうは消えてしまう。その青は濃くはないが、それでも青と呼ぶしかないものであり、要するに空の青さに近い。視界が、外界が、風景が、まず紙の白、本の頁の白になり、それがそのまま曇り空の白にするりとすべり込んでゆき、雲間が溶けていって、青空へと至る。その青はうっすらと発光している。不思議なことに、白よりも明るく感じる。もうそうなるといけない。今度こそ、ものが見えなくなってしまう。壁にかかった時計、バスタブ、玄関先に転がったスニーカー、交叉点の向こう側にあるコンビニエンスストア、坂道を登り切った先に場違いに聳える高層マンション、十七段の駅の階段、大きなビルのエレベーターの扉が開くと視線の果てまでひろがっている本棚、不格好な高速道路、いつも一台しか止まっていない駐車場、飲料水の自販機、殺風景な小公園、すべてが青く輝いていて、夕陽さえも青い。もちろんわたしは、そのすべてがほんとうは青いわけでも、そのまえは白かったわけでもなく、白も青もわたしの瞳の奥の頭の中のことであることを承知している。だがしかし、そこで眼を閉じてみると、いちめんの青はあっさりと消え去ってしまうのだった。

その映画を観ることになったのは、Nの学生時代の友人の恋人が、自分が大家として管理しているアパートの空き室を知り合いの知り合いだとかいう映画監督に一ヶ月間、ロケ場所として貸し、なかば自主制作であったらしいその作品がようやく小さな劇場で公開されることになった際、礼金の代わりに送られてきたという大量の前売券の余りが廻ってきたからだった。しかしこれがね、なかなか先輩向きの映画なんですよ、とNは秘密めかして言った。俺向きって何が？　それは観ればわかる。その頃になると彼女はわたしに対してすっかり緊張感がなくなっていたが、それでもときどき敬語とため口が混在する話し方をすることがあった。あの妙な芝居を観た日から四年の月日が過ぎていた。しかしNは頑にわたしを先輩と呼び続けていた。

そして確かに、その映画は「わたし向き」だった。だが同時にN向きでもあった。タイトルが『スリーピング・ビューティ』だったのだ。それはまともな映画ならばまずやらないだろう不可解な方針に貫かれた作品だった。れっきとした劇映画でありながら、最初から最後まで俳優の顔が一度も映らないのだ。ピンボケした後ろ姿や影、からだの一部分のアップなどはあるのだが、とにかく誰ひとりとして顔が画面に登場しないのである。映画が始まってしばらくして、このことに気づいたときはむろん変な気がしたが、そういうものだと思ってしまえば、それはそれで特に支障はなかった。

顔が見えないと、そのぶん声が際立って聞こえてくる。口唇が映らないと台詞とナレーションの区別が曖昧になってしまうのも面白いと思った。カフェで何人かが話す場面でも誰もいないテーブルと椅子しか映らない。この趣向がなにゆえに採用されたのか、いかなる狙いがあるのかをわたしは知らなかったが、顔が見えず、声だけになると、人間は途端に実在らしさを失って、気配だけになってしまう。それが不気味といえば不気味だし、頭の奥が蕩けるような感覚というか、どこかエロチックな空気が滲み出してきもする。いや実際、それはもちろんポルノではないのだが、かなりエロい映画だった。顔は見えず声しか聞こえないが、性交の場面もあった。気配だけに存在感を縮減されたものたちが、有人なのに無人みたいな場所と空間のなかで、ひどく神経症的な言葉を交わし合い、あやしく蠢き合い絡み合う。物語も、そんな映画の蠱惑的な佇まいと明らかに通じ合っていた。

Nの友人の恋人が貸したアパートは、ヒロインのひとり暮らしの部屋として使用されていた。映画の始め、彼女がトイレから出てくる。狭い部屋に布団が敷きっぱなしになっている。灯りはついておらず、画面奥の窓に引かれた薄いカーテンを透けてくる黄金色のせいで彼女の姿は逆光の影になっているが、寝間着であることはわかる。咳をしている。風邪をひいているようだ。寝床にもぐり込み、煙草に火をつける。そして女の声が、いま出てきたトイレのなかに誰かがいるような気がしてならない、と言う。この寒々として怖いナレーションを聞いたとき、わたしの記憶のどこかに引っかかるものがあった。だがそれはすぐには何なのかわからなくて、しかしその一種の既視感（既聴感）のようなものは、映画が進むにつれてますます強くなっていった。

彼女は映画の題名にふさわしく、やたらと睡ってばかりいる。睡っても睡っても睡り足りないのだ。顔が見えないこと、声しか聞こえないことによって、彼女はどこの誰でもなく、それがゆえに誰でもありえるような気がしてきて、わたしはとつぜん冷汗が出てきた。わたしは自分が、どういうわけかこの映画をひどくこわがっていることを隣のNに気取られまいとして、全身を強ばらせてスクリーンに対峙し続けた。だがNは気づいていて、途中でわたしに、どうしたの、気分でも悪いの、と耳打ちした。わたしは視線を前に向けたまま、声は出さずに首を横に振った。それきり、わたしのいくぶん不自然な鑑賞態度について、映画が終わったあともNは何も言わなかった。わたしも観ている間じゅうずっと感じていた得体の知れない恐怖感のようなものなど存在しなかったかのように振る舞い、おかしな映画の感想をしたり顔で語った。うん、かなり興味深いね、ところでこの映画には何か元ネタがあるんじゃないのかな、なんだか覚えがある気のするところが幾つかあったように思うのだけど。するとNは言った。エンドクレジットに名前の出てきたマンガ家の短編が原作らしいですよ。私は読んだことないけども。

わたしはその「原作」を調べてみて、やっと合点がいった。『スリーピング・ビューティ』のもとになったマンガには更に「原作」があり、それはずっと昔に観た、あの奇っ怪な映画と同じ小説だったのだ。狐の穴に落ち込んでしまったのだから、もう後戻りはできませんわねえ、と女が言う、あの映画。あれきり観直すことがなかったので細かい部分は曖昧だが、あの映画は同じ作家のふたつの小説を巧妙に混ぜ合わせてシナリオが書かれていた。『スリーピング・ビューティ』は、四年前のわたしが「もうひとつの原作」と呼んでいた短編小説を翻案したマンガの映画化だったのである。なかなか複雑だが、しかもマンガ家は小説では年配の男性である語り手を若い女性に変えてしまっていた。その結果、睡れる美女、が誕生したわけである。

だがしかし、決定的ともいうべきその変更点を除くと、マンガは「原作」に挿話や台詞の多くを負っており、そして映画『スリーピング・ビューティ』はマンガにかなり忠実だった。時系列順に並べてみると、いちばん最初に位置する「もうひとつの原作」とふたつ目の小説のあいだが二十年近く開いており、ひとつ目の映画が、それから約三十年後に撮られ(わたしが観たのはそれから二十年以上もあとだが)、ひとつ目の小説を原作とするマンガが発表されたのが、その十数年後、そして『スリーピング・ビューティ』が、更に十数年後に撮られている。ひとつ目の小説が『スリーピング・ビューティ』の隔世遺伝的な原作だとすると、両者は八十年近く離れていることになる。『スリーピング・ビューティ』の監督が、三十年前の、自分の映画とほぼ同じエピソードを幾つも含む日本映画史上に残る名作を意識しなかったはずはない。「五日目」に書いたとおり、ひとつ目の映画の狂言回し的主人公の陸士学校教授「青地」は「もうひとつの原作」のひとつ目の小説の語り手の名前である。マンガでは、それが中学校教師の二十代の女性「青地先生」に変えられていた。この大胆なアイデアによって、セクシャルな要素がほぼ皆無だった原作小説が、かなり濃密にエロチックなマンガへと変異を遂げ、それはそのまま『スリーピング・ビューティ』にも踏襲されている。しかしそこでは登場人物全員が顔を剝奪されることで、そのまま映画にしていたならば、ことによると本物のポルノになってしまっていたかもしれないところが、なかば強制的に中和、抑制され、視覚的なエロチシズムから聴覚的なエロチシズムへと映画の重心が移動して、一種独特の超然とした雰囲気が醸し出されていた。

しかしこういった、あとから知ったり考えたりしたことを、わたしはNに話すことはなかったし、彼女もそれ以後、特に『スリーピング・ビューティ』という映画を話題にすることはなかった。しかし実を言えば、わたしはNには黙って『スリーピング・ビューティ』を今度は独りで観に行ったのだ。わたしは、あの映画を観ているうちに自分の内にこみ上げてきた、わけのわからない恐怖をもう一度味わってみたかった。だが二度目に観たとき、それが訪れることはなかった。なぜだかはわからない。そもそもどうしてそんなことをしようと思ったのかもわからなかった。ただ、わたしの頭のなかで、狐の穴に落ち込んでしまったのだから、もう後戻りはできませんわねえ、というあの声、『スリーピング・ビューティ』にも、その原作のマンガにも、その原作の小説にも出てきたわけではない、ずいぶん前に一度観たきりの奇っ怪な映画に出てきた、あのひどく不気味なのに陶然とさせられる直子という女のものらしき声が、ぐるぐると谺していた。

映画の原作マンガを読み、その原作小説を読み、そしてあの奇っ怪な映画を思い出しながら、あらためて『スリーピング・ビューティ』を観ていると、同じ幾つかの場面が表現形態を変えて四度にわたり変奏されていることがわかってきて、その反復と差異のありさまが、わたしを幻惑した。それは甘美な感覚だったが、どこか吐き気にも似ていた。これも前に書いた、睡っているあいだに水がなくなる話は四つ全部にある。もうひとつ、ひどく印象的なのは、小説の青地の細君の妹が十九歳の若さで病いに臥せって死の瀬戸際にあり、彼女の容態を夫婦が話していると、とつぜん「駄目だよ」と誰のものとも知れぬ声が聞こえるという挿話。これはほぼそのまま、あの奇っ怪な映画でも描かれていた。マンガでは、青地の学生時代の友人が交通事故で瀕死となり、同じく学生時代からの付き合いである恋人とともに病院に見舞いに行った帰り、トイレを借りるという口実で彼女のアパートに上がりこんだ恋人がいつものようにからだを求めてきて二人は性交し、ことが済んでから友人のことを話していると不意に「もうダメだよ」という声がする。『スリーピング・ビューティ』にも、まったく同じ場面がある。小説とマンガの「だめだよ」は文字で、二本の映画のそれは声だ。読んでも聞いても戦慄的な場面であることには変わりない。この「だめだよ」は誰が言っているのか。いちばんはじめの小説には、「「駄目だよ」と云ったのは、私ではなかったのだ。」とある。だからといって、その場にいたもうひとりである「私」の細君が言ったのでもない。だから恐いのだが、ならばそれは、超越的な何か、いわゆる「神」的な何か、あるいは運命などと呼ばれているものによる宣告ということなのだろうか。わたしに判断できようもないが、けれども結局のところ、もっとも恐いのはやはり、それでもそれを言ったのは「私」だったのだ、という解釈なのではないだろうか。私は、私ではない私の酷薄極まる声を聞いたのだ。

小説とマンガと『スリーピング・ビューティ』に出てくる（つまり古いほうの奇っ怪な映画にはない）挿話も、ずっと気になっている。小説では「私」の従兄の話で、手はどうして動くのか、という疑問があるときふと彼の頭に芽生え、それから従兄の気が触れたという噂が立ったが、まもなく直ってしまい、その後は何ともないという。この話を「私」が友人の野口にすると相手は、そうだよ、手は変だよ、僕はあんまり好きじゃない、と応じる。しかしそうすると、君にはその従兄の系統があるのかしら。これに対して「私」は、でもその従兄は長じるにつれてまともに戻り、今も健在なのだが、どういうわけか彼の二度目の細君は立派な気違いになって死んでしまった、と話す。どうして気が違ったのかという話もなかなか興趣に富んでいるのだが、この挿話の核心は語られている内容とはおそらく別のところにある。物語の最後に友人の野口がとつぜん自殺するのである。マンガでも『スリーピング・ビューティ』でも青地の妙に顔の長い同僚教師として野口は登場し、しまいには睡り薬で自死を遂げる。麻睡薬を少しずつ過量に飲んで、その最後の日の準備をしていたのだとは思わなかった、と「私」は思う。

野口は最初は青地に意地の悪い悪戯を仕掛けられたりする、いかにも脇役的な感じで、間違っても舞台の中心に躍り出ることはなさそうに思えるのだが、だんだんと存在感を増してくる。もともとの小説では中年男同士なのでそんなことにはならないが、マンガと映画では青地が若い女性、野口は年上の男なので、かなり異なったニュアンスが生じてくる。『スリーピング・ビューティ』には青地と野口が関係を結んだと思わせる場面さえある。しかし小説でもマンガでも映画でも、野口が青地に唐突にこんなことを宣うのは同じだ。僕は君をいちばんよく知ってるよ。君のお母さんや君の奥さん／君の彼よりも、僕の方がよく知ってるよ。君の本当の気持ちがわかるのは僕だけだよ。ああすればいいとか、あれだからダメだとか、いろいろ君の事を傍から言ったって、君にはそうはいかないんだよ。Nもこの台詞は気に懸かったようだった。あんなことを誰かから言われたら、私から言われたら、先輩はどうしますか？ どうする？ 俺が君にそう言ったらどうする？ ずるい。質問に質問で返すなって教わらなかったの？ もちろん私はうれしい。たとえそれがただの思い込みや、真っ赤な嘘だったとしても。だってこれは constative ではなく、performative な発話なんだから。

Mから（Nではない、念のため）携帯の留守電に短いメッセージが入っていたとき、当然ながらわたしは大変驚いた。そんなことが起こり得るとはまったく想定していなかったので、液晶に表示されている名前を何度も確認してしまったほどだ。だがそれは間違いなくMからの着信であり、しかし録音されていた彼女の声は、たった一言だけだった。父が亡くなりました。落ち着いた、だがそれゆえに思い詰めたように受け取れなくもない口調で彼女は、そう言っていた。それだけで他には何もなかった。会わなくなってから、ずいぶん時間が経っていた。

わたしはMの父親と一度だけ話したことがあった。それはわたしがMに連れられて彼女の実家でもある書店に行ったときのことで、いつもはアルバイトが店番をしているというのだが、その日はたまたま父親がいたのだ。いやもちろん、いま思えば、それが本当にたまたまだったのかどうかはわからない。Mには何かしらの深謀遠慮があって、自分の父とわたしを遭遇させることを目論んだのかもしれなかった。

しかしわたしはいきなり恋人の父親が目の前に現れても、なぜだかあまり動じることはなかった。むしろ動揺が顔に出ていたのは彼のほうであったように思う。Mは、ごく自然な態度で、あ、父さん、このひと、などと言葉少なにわたしを紹介した。父親は事前に知らされていなかったのか、それとも知ってはいてもいざ本番となると調子が狂ったのか、ともかくいささか不自然なほどに紅潮した顔で頷くと、わたしに、雨はもう降り出していましたか、と微かな笑みを浮かべながら尋ねた。まだのようです。ひどくなるのでしょうか。予報では、そろそろ梅雨入りだと。雨はお好きですか。どちらかといえば苦手なほうでしょうか。なぜですか。出歩くのが億劫になります。そうですね。私の妻、つまりこの子の母親のことですが、彼女は梅雨になるとよく睡れるといいます。外で雨音が途切れることなく続いているのを想像するだけで、普段よりもおおらかな安寧が訪れるというのです。うちの家族は全員、睡るのが得意ではないのです。この子についてはご存知のとおり。私の場合はアルコールの助けを借りないと、いつまでたっても睡りにつくことができません。

お父さん、いったい何を話してるの？　Mは笑いながら父親のとめどないおしゃべりを塞き止めた。わたしはMの奇妙な父親が経営するその小さな書店で、日本で最初のノーベル文学賞受賞者の文庫本を一冊買い求めた。むろんわたしが選んだのではなくMの見立てだ。レジを打ってお釣りを手渡しながらMの父親は、たちの悪いいたずらはなさらないで下さいませよ、とやはり薄い笑みを浮かべたまま言った。その意味がわかったとき、わたしはああ、まぎれもなくMの父親だ、と感じ入ったものだった。だが、彼に会ったのはこのとき限りであり、Mも彼女なりに思うところがあったのか、それ以後は父親とわたしを会わせようとしなかった。Mの母親には結局一度も会わなかった。書店はもっぱら父親のテリトリーであり、そもそも母親は本を読むより庭いじりをしたりするほうが性に合っているのだとMは言った。だから母親はけっして店には出て来ない。それは転勤生活がやっと落ち着いたと思ったらとつぜん誰にも相談せずに早期退職してしまった父親への抗議の気持ちもあるのかもしれない。なので父親の調子が悪かったり、私が店に入れないときのために、どうしてもアルバイトが必要になってしまうわけ。でもほんとうはそんな余裕なんかないんだけどね。

父親が死んだという報せを、どうしてMがわざわざ伝えてきたのか、わたしにはわからなかった。父が、亡くなりました、と言ってから十秒近い沈黙があって、いきなり電話は切れていた。留守録を何度か聞き直してから、わたしはそれを消去した。コールバックしようとは思わなかった。ひょっとするとMはそれこそを求めているのかもしれないとも思ったが、だからこそ、そういうわけにはもはやいかなかった。ただ、彼女が今もどこかで生きている、死んだのはあのアルバイト中の父親であってMではない、という事実が確認できたことに、わたしは少なからず安堵していた。しかしそれからまた短くはない時が過ぎてから、ふたたびMからの便りが、それも思いがけないかたちで届くことになるとは、そのときのわたしにもちろん予想できるわけもなかった。

さすがにそろそろ睡らなくてはならない。しかしすっかり頭が冴えてしまった。わたしは深夜の散歩に出ることにした。この部屋は五階にある。わたしはそっと扉を開けて外に出た。エレベーターに乗って一階まで降りる。消灯後の薄暗いエントランスを抜けると国道に面している。車は何台も行き交っているが、歩道を歩いているひとはいない。信号が変わるのを待って向こう側に渡り、右に進んで最初の角を左に折れると、なだらかな下り坂が続いている。なんだか背中が重い。まるで子供でも背負っているみたいだ。猫背になりながら歩き出す。まだ人間に会わない。どこかで鳥のような鳴き声が二度聞こえた。少し怖くなった。坂を降り切ったところに大きな銀杏の木がある。そこを右に折れる。かつては店が立ち並んでいたらしいが、今は何軒かの降ろされたシャッターの上の古ぼけた看板が過去の業態の記憶を留めているだけで、昼間に通ってもどの建物もしんとしている。突き当たりの左手に公園がある。そこに入っていく。それほど広くはないのに、場違いなほどの大木が何本も突っ立っている。ちょっとした森みたいだ。誰もいない公園をひとりずんずん進んでいく。振り返ると常夜灯が長い人影をつくっている。影は黒い矢印みたいに見える。月が出ているので思いのほか明るい。背中はまだずっしりと重い。先ほどから何かを思い出しそうな心持ちがしている。けれども判然とはわからない。ただ、こんな晩であったように思える。もう少し行けばわかるかもしれない。わかっては大変だ、とわたしはなぜだか思い、足を早めた。

誰もいない、と思っていたが、そうではなかった。公園のいちばん奥、ひときわ大きな木の下に、ひとりの男が立っていた。不似合いな山高帽子をかぶっていて、継ぎ接ぎだらけで色とりどりのマントを羽織っている。ギターを持っている。はじめて見る男だった。一目でまともではないことがわかる、おかしな格好のストリートミュージシャンらしき男は、ひとりきりで誰もいない公園に立っていた。彼はわたしを待っていた、この男は他ならぬこのわたしがこの場所にやってくるのを今か今かと待ち構えていたのだ、とわたしは理由もなく思った。だが、わたしがすぐ近くまで来ても男はこちらを見ようともしない。どこか呆然とした様子で、ただそこに突っ立っている。立ちすくんでいるようにも見える。不思議と危険な予感はしなかった。やがて男が徐にギターをかき鳴らし、彼が自分で拵えた、これまで何度も人前で歌ってきた歌を歌い始めることをわたしは知っていた。知らないのに、知っていた。自分はそれがどんな歌なのかさえ知っている、とわたしは思った。もちろんそれは、睡れない、ということについての歌だ。わたしは彼と一緒に歌おうと思った。

九日目

Nのいとこが死んだのは、『スリーピング・ビューティ』を観た翌年の初夏のことだった。いとこはその後も大学受験に失敗を続け、五度目の挑戦に落ちたあとは進学を諦めて家からほとんど出なくなった。彼の一部の絵にはすでに値段がついていたし、なかには何枚もまとめて購入する蒐集家もいたので、学業よりも一足飛びに画家として生計を立てていくことを考えたのかもしれない。Nを含む周りもそう思っていた。とはいえ画業は順調とは言えなかった。十代の頃の彼は絵画の狭い世界ではそれなりに名前を知られた存在だったが、描き上げた作品がそうとうな数になっても本人が個展を開くことを拒んだので、かつては美術雑誌の隅に取り上げられたこともあったというのに、いとこは徐々に忘れ去られていった。実家暮らしなので衣食住の心配はないが、年齢を重ねるとともに以前にも増して外出を避けるようになり、やがてほとんど引きこもりというべき状態に陥った。だが物静かで穏やかな性格に変化はなく、ずっと家の中にいること以外は家人に迷惑を掛けるわけでもなかったので、なんとなくそのまま何年もが過ぎていったのだという。

わたしはあの三者面談以後、彼と会う機会はなかったが、Nはときどきいとこのことを話題に出した。彼女のモデル業は、その後も続いていた。以前よりペースは落ちたものの、Nは伯母の家に時々行って、カンバスの前で絵筆を握るいとこと向き合い、眼を閉じた。いとこは以前にも増して口数が少なくなったが、今の自分の状態にそれなりに満足しているようでもあって、数年前からフランス語を独学で学んでいた。もともとフランスの、ある時期の映画が好きだったんですよ。やたらと喋りまくって周りに迷惑を掛けながら最後は結局自滅する男が出てくるような。南仏の片田舎で純真な男の子が年上の女性に手練手管で翻弄されたあげくに思いがけない破局が起こる、みたいな。

梅雨が明けてから数日後のある日、いつものように昼過ぎにいとこの家を訪ねたNは、彼のアトリエで数時間の作業に付き合ったあと、陽が落ちないうちに帰った。その日のいとこもいつもと何ら変わりはなかったと、Nはわたしに彼の死を告げた際に言った。夜、Nの伯母が帰宅すると、息子はアトリエにいるようだったが、夕食の時間になっても姿を見せなかった。しかし彼は絵の仕上げ段階になると徹夜をすることもよくあったので、母親は特に気にしなかった。だが翌朝になっても、いとこは一向に母屋に現れなかった。やや不審に思った伯母が離れの方に声を掛けてみても返事がない。息子が急病で倒れているのかもしれないと思いつき俄に恐慌を来たした伯母がアトリエに行ってみると扉に小さな紙片がピンで留めてあった。いとこの几帳面な文字で何かが書かれていたが、フランス語であるらしく彼女には読めなかった。ともかくノックをしてみたが、やはり反応はない。息子の名前を呼びながら何度も激しく扉を叩き、ドアノブを引いてみたが、鍵が掛かっていて開かない。この時点でNの伯母ははっきりと異常を認識し、母屋に戻って合鍵を用意してアトリエの扉を解錠し、そしてそこで死んでいる息子を発見した。縊死だった。部屋に乱れはなかったが、アトリエじゅうの絵のすべてが真っ黒に塗りつぶされていた。描きかけの、いちばん新しいNの絵も黒一色に変わっていた。扉の紙片以外には遺書と呼べるようなものはなかった。Frappez fort. Comme pour réveiller un mort. 死者を起こすにはドアを強くノックしろ。

いとこの自死は、芸術家としての挫折と将来への絶望によるものだと理解された。それがあまりにとつぜんで、まるで予兆らしきものがなかったことも、かえって彼の苦悩の深さを証立てるものと判断された。わたしは少し悩んだが、葬儀に参列した。遺影のいとこは笑顔で（それはやはりNにとてもよく似ていた）、ずいぶんと若く見えた。もちろん目は閉じていなかった。あとでＮに聞いてみると、十代の頃の写真しかなかったのだという。Ｎは泣かなかった。少なくともわたしにいとこの死の顚末を話したときも、葬儀のあいだも、Ｎが涙を見せることはなかった。そのことがむしろ彼女の受けたダメージの大きさを物語っているようで、わたしには生半可な慰めの言葉を口にすることはできなかった。Ｎにとって、いとこはどんな存在だったのか、というよりも、いとこにとって、Ｎがどんな存在だったのかを、あらためて知ることを避けたいという気持ちがわたしにはあった。いとこのとつぜんの死が、どのくらいＮと関係があるものなのかを、ともすれば考えようとしてしまう自分から目を背けたい気持ちがわたしにはあった。一度会っただけの青年の、それはそれなりに同情や憐憫に値するだろう死よりも、わたしはＮのことが心配だった。このことが彼女に何かとてもよくない影響を及ぼすことになるのではないかと、ひどく厭な予感がした。そしてその予感は当たった。

睡れないの、と彼女は言った。ああ、来たな、とわたしは思った。Ｎはあれからいとこのことを一切話さなくなった。それ以外は前と変わらなく見えたが、少しずつ、ほんの少しずつ、彼女は静かになっていった。もともとあまり陽気ではなかったが、わたしと二人でいるときも、不意に押し黙って自分の足元をじっと見据えていたりすることが増えていった。わたしは極力、彼女の微妙な鬱屈を気にしていない体を装い、つとめて明るく接するようにしていたが、そうすればそうするほど彼女は追い詰められていくようだった。武勇伝とはまた別の、自分の人生における不眠との格闘の歴史を、多少の改変と粉飾を施したうえで、わたしはNに話してあったが、彼女はその話をあらためて聞きたがった。彼女の関心の焦点はむろん、不眠がいかにして解消されたか、だった。しかしわたしに言えることといえば、不眠は始まったときと同じように、ゆっくりと潮が引くように去っていった、というようなじつに雑駁な経験譚でしかなかった。睡れない睡れない、睡りたい睡りたい、とばかり考えているうちは睡れないんだな。そんなことがもうどうでもよくなってきたときに、やっと睡りはやってくる。もちろん医者に行って睡り薬を処方してもらうことも必要だ。でも俺にかんする限り、眠剤が効いたということなのかどうか、よくわからないところもある。私はクスリは嫌い。他のことでもできればなるべく使いたくない。睡れないのは正直とても困るけど、そういうものに頼らずに治したい。Nの眼の下には薄い隈ができていた。睡れなくなるなんて生まれてはじめてのことだから、自分はこの試練にちゃんと向き合う必要があるって思うの。そんな風に考えないほうがいいと思うよ。どうして？　どうしてでも。

Mからのメールは、そのどれにも文面がなかった。最初の一通が届いたとき、わたしは送信元の名前にぴんと来なかった。苗字が違っていたからだ。メールの本文は空で、ただ写真が一枚添付されていた。満開の桜並木が写っており、人の姿はまったくなかった。これは何だろう。最初に感じたのは訝しさだった。誰からのメールかもわからないし、写真の風景に見覚えもなかった。わざわざ返信して尋ねる気にもならない。意図は皆目不明だが一種の迷惑メールなのだろうと思い、そのままにしてしまったが、十日ほど後に二通目が届いた。そこには晴天の下で輝くいちめんの田圃が写っていた。やはり人の姿はない。これはいったい何なのだろう、とわたしは思い、そしてようやく送り主の下の名前がMであることに思い至った。この二通の謎めいたメールはMが寄越したものなのか、確証はなかったが、仮にMだとしても、写っているのがどこで、メールの意味するものは何なのか、まるで見当もつかなかった。何か伝えたいことがあるのなら、なぜ一言も書いてないのか。さっぱりわからなかったし、正直に言えば、いささか不気味でもあった。だからわたしはやはり返信しなかったし、返信してはいけないとも思った。

だがそれからというもの、Mからであるらしい写真のみのメールは、およそひと月に一通くらいのペースで届くようになった。一週間ほどで次が送られてくることもあれば、やや長い間が開くこともあったが、間隔が二ヶ月に及ぶことはなかった。最初の桜並木を除くと、そのほとんどが街中ではない、田園風景を捉えた写真であり、人間はひとりも写っていなかった。しかし人里離れた原野というわけではなく、田畑や畦道など、生活の影はそこここにある。だからそれらは明らかにあえて人がいない瞬間を狙って撮られたものだった。それがいかなる意味を持っているのか、何かの意味を持っているのかどうかも、わたしにはもちろんわからなかったが、Mの魂胆は推測できた。私は今ここにいる、とMは言いたいのだろう。ここがどこか、あなたにわかる？ぜんぜんわからない。なぜ君が今ごろになって、こんな謎かけをしてくるのかも、まるでわからない。もしも僕がこのゲームに乗ったら、いったい何が起こるのかも、わからない。僕は相変わらず、君が最後に言っていたとおり、何もわかっていないし、それはたぶん、わかるつもりがないからなのだろう。わたしはMからであるらしい次々と届くメールに、その徹底した沈黙に、一種の敵意のようなものを、見えない憎悪のようなものを感じ取ってしまっていた。それは無理からぬことだった。わたしはあの日、完膚なきまでに叩きのめされたのだから。

だが、わたしは間違っていた。わたしはまたもや間違えたのだ。間違えてばかりだ。だがその話はまだ早い。

Nの不眠はますます悪化していった。彼女の眼の下の隈はもはやメイクでは隠しようもないほどくっきりとした陰翳を造っていた。顔の色の向こう側に透けるような青白さが更にそれを際立たせた。わたしと会っているときも、彼女はずっと睡そうだった。こちらの言うことへの反応も、立ち居振る舞いも、日を追うごとに鈍くなっていった。あまりにつらそうなので、帰って寝たらと言うと、目を閉じた途端に睡くなくなってしまうのだと答えた。視界が塞がれると急に目覚めるの。見えているときはとにかく睡くて睡くてしかたがないのに。普通と逆さまになっちゃった。彼女はときどき約束もすっぽかすようになった。電話をするとすぐに出るが、いつまで経っても黙っている。ひょっとして睡っているのかと疑う。N、N、Nと何度か呼ぶと、やっと小さな声が聞こえる。ごめん、睡くて。うん、でも平気。先輩の若かりし頃に較べたら、これしきのこと。ただ、ちょっと人と話すのが困難になりつつありますね。相手の声がうまく聞き取れなくて何度も問い返してしまうし、常に頭が朦朧としてるから、話していることをすぐ忘れてしまう。職場でもミス連発だし。医者には行ってるの？　行った。クスリもたくさん貰った。まあ、ロクに効きませんね。飲まないよりはましかもだけど。

それからまたしばらくすると、Nは仕事を辞めた。わたしからの電話にも出ないことが増えた。こういうときに限って仕事が忙しくなり、わたしはNの状況を知りたくても彼女と会う時間を捻り出せない状態が続いた。だからある夜、急に時間が空いたのでいきなり――電話は留守電だった――Nのマンションに行ってみると、いつのまにか彼女が部屋を引き払っていたのには驚いた。わたしはすぐにもう一度、彼女の携帯に電話した。また留守電だった。メッセージに、つい今しがた部屋を訪ねたこと、転居の事実を知ったこと、どうしたのか、どうしているのかをすぐに知りたいということを吹き込んだ。丸一日経ってからやっと電話があった。しばらく収入がなくなるわけだし、伯母の家に同居することにしたの。そしたらね、少しだけ睡れるようになった気がする。環境の変化って大事ですね。ああ、やっぱりか、とわたしは思った。そこに行ってもいい？　いいですよ、もちろん。しかし訪問はなかなか実現できず、ようやくわたしがNと再会したときには季節が変わっていた。

彼女は隈の消えた顔でわたしを迎えた。だが以前よりもっと痩せていて、とうてい元気そうには見えなかった。その日、Nの伯母はいなかった。わたしは緊張していた。死んだいとこのアトリエを見ることになるのだから。黒塗りの絵はすべて外されていたが、それ以外はいとこの生前のままの状態が保たれているのだとNは言った。葬儀のあと、彼女がわたしにいとこの話をするのははじめてだった。だが当然、それは避けられない話題だった。

君はここで何年も彼の絵のモデルを務めていたんだよね。そう。でも私を描いた絵はもう一枚もない。あの画集が残っているだけ。今、私が座っている椅子に◯◯◯ちゃんが座って、先輩がいるところが私の定位置だった。そして何時間も眼を閉じていた。うん。ときどき居睡りしてたと言ってたね。うん。居睡りどころか本格的に睡ってた。それでも動いたりはしない。そう、微動だにしない。といっても私にはわからないのだけど。だって睡ってるんだから。Nは小さく笑った。眼を閉じてるあいだ、睡ってしまうまでのあいだ、何を考えてるの？　別に何も。もう最後のほうになると考える間もなくすぐ睡ってしまっていたし。何か話したりしないの？　私語は厳禁。その日のぶんが終わったときに声をかけられるだけ。穏やかな青年だったね。一度しか会わなかったけど。Nはとつぜん噴き出した。なんで笑うの？　いえ、ごめんごめん。俺の受けた印象とは違う人物だったということ？　そうですね。いや、というか、本気でそう思っているのかな、って。どういう意味？　あ、ごめんなさい。先輩はときどきわからない。君のほうがよっぽどわからないよ。そうですかね。でも睡れるようになったのはよかったね。わたしは話題を変えた。うん、一時期に較べたらずいぶんと。よくなったらまた働くつもり？　学業に戻ろうかなと思って。わたしは驚いた。どうして？　どうして、って。Nはそれきり黙った。わたしは何か言わなくてはと思ったが、すぐに効力を発揮しそうな言葉が思いつかなかった。

やがてNは口を開いた。彼が私を描いているあいだ、絶対に眼を開けないのがルールなんですよ。それは眼を瞑った私を描きたいということでもあるし、私を描いている自分を見られたくないということでもある。何があろうと、彼が私の名前を呼ぶまでは、けっして眼を開けないこと、それが唯一の決まりで、だから私はこっそり睡ることをおぼえた。私は十代の頃からもう何年も彼の絵のモデルになりながら惰眠を貪っていた。それって要するに昼寝じゃないですか。それでいて夜もしっかり寝てるわけで、だから私は睡り過ぎだったんですよ。不眠症みたいになっちゃったのは、その反動、というか辻褄合わせみたいなことで、だからしょうがないの。受け入れなくては。でもそれも改善されてきたんだよね。そうですね。むしろ私は、ここに来たらもっと睡れなくなるんだと思ってたのに。どうしてそんなことを思うの、とわたしは訊ねた。Nはまたしばらく黙ってから、こう言った。あの日、◯◯◯ちゃんが私を描いた絵を全部黒く塗りつぶして、何もかもを無に戻して、自分で自分の首を括ってあっけなく死んでしまうことになる、そうなる前の午後、私と彼の長い長い習慣のなかで、かつて一度も起こらなかったことを、私はしたんですよ。私は、途中で眼を開けたんです。私はあの日に限って、どうしてか眼を閉じていてもなかなか睡れなくて、やっとまどろみのなかに入っていけそうになったとき、ふと意識がこちらに戻ってきて、うっかり眼を開けてしまった。わたしは奥歯を強く咬み締めたので、鼻から熱い息が荒く出た。こめかみが釣って痛い。眼は普通の倍も開けていたと思う。Nは続けた。私はルールを破ったんです。そして見てはいけないものを見た。わたしは、座ったまま睡っているNの真向かいで絵筆を動かし続けるいとこの姿を、その開かれた瞳を、その表情を、彼がそっと立ち上がり、スリーピング・ビューティにゆっくりと近づくさまを想像した。いつのまにかNは泣いていた。あのとき私が睡ったままでいたら、眼を開けてさえいなければ、こうなっていなかったと思う。これは可能性の話ではなく、完全なる事実なの。

切ないものがわたしの身体中の筋肉を下から持ち上げて、毛穴から外へ吹き出よう吹き出ようと焦るけれども、どこも一面に塞がって、まるで出口がないような気がした。それでもわたしはかろうじて言った。そんなことはない。そうとは限らない。そんな風に考えては駄目だ。たとえそうだったとしても、それは君のせいなんかじゃない。ええ、そうね。でも違う。これは私のせいなの。これは、私の、罪なの。隣の部屋で時計がチーンと鳴った。わたしは訊ねた。彼のことをどう思っていたの？　彼はいとこ。彼は絵描き。彼は子どもの頃からずっと一緒だった○○○ちゃん。彼に対する感情と、俺に対する感情は、似ているところがあったのか、それとも全然異なるものなのか。そういうことを訊かないで！　先輩はそんなことばかり考えてる。それは先輩の問題であって、私には何の関係もない。時計が二つ目をチーンと打った。すまない。君が心配なんだ。それはわかってる。でもお願いだから、これを「三人」の話にしないで。仮にそうであったとしても、私には先輩がして欲しい答えを返すことはできない。でもそれは正解が別にあるからじゃなくて、質問が間違っているからよ。そんなことを確認するために、わざわざここに来たの？　ねえ、先輩？

それから何年か経って、Nがドイツに留学することになったと人づてに聞いたとき、わたしはさほど驚くことはなかった。彼女は卒業したのとは別の大学院に入り直し、学部の頃からの研究対象であるハンス・ヘニー・ヤーンで博士論文を書こうとしていた。留学先はヤーンの生地にも近いハンブルクだった。

Mからのメールに変化があったのは、風景写真が数十枚も溜まった頃だった。相変わらず人間の姿はなかったが、そこには花々に挟まれた線路が写っていた。例によってそれは一枚ずつ送られてきた。車窓から撮られたらしき写真もあった。そして唐突に駅舎が登場した。淡い草緑色の屋根のこじんまりとした駅だった。駅名がはっきりと読めることにわたしは不可解な感銘を覚えた。夜ノ森駅、YONOMORI STATION。

不眠の数少ない効用のひとつは、とにかく本がたくさん読めることである。昨夜も、あれから文庫本を一冊、最初の頁から読み始めて朝までに読み終えてしまった。レイモンド・チャンドラーの『大いなる眠り』。わたしでさえ観たことのある名作映画『三つ数えろ』の原作でもある。結末近くの次のくだりが、わたしは大変気に入った。タイトルの由来が出てくるところだ。

死んだあと、どこへ埋められようと、当人の知ったことではない。きたない棺桶の中だろうと、高い丘の上の大理石の塔の中だろうと、当人は気づかない。君は死んでしまった。大いなる眠りをむさぼっているのだ。そんなことでわずらわされるわけがない。油でも水でも、君にとっては空気や風と同じことだ。君はただ大いなる眠りをむさぼるのだ。どうして死に、どこにたおれたか、などという下賤なことは気にかけずに眠るのだ。

すでに故人の、後半生はもっぱら映画評論家として知られていた人物による、半世紀以上も昔の訳業で、いくぶん古めかしくはあるが、今のところ日本語で読めるのはこれしかない。「君は死んでしまった。大いなる眠りをむさぼっているのだ」というところが特に良い。原文はこうだ。

You were dead, you were sleeping the big sleep.

じつに平易、だが含蓄深い文章ではないか。Y・Yならどう訳すだろうか？

睡ることができたら、ほんのわずかでもいいから睡ることができたなら、この先を書き継ぐことができるのだが。

なんとかここまで漕ぎ着けたというのに、キーボードの黒鍵の上に描かれた記号も、矩形の画面に浮かんだもうひとつの矩形の中に一文字ずつ穿たれてゆく文字も、すべてが青く眩しく輝いて、自分が書いている言葉を自分で読むことができない。ひょっとするとわたしはすでに睡っているのだろうか。いや、それは断じてない。そんなことがあってはならない。そんなことを考えたらおしまいだ。だが確かに目覚めているという感じもしない。半分睡っていて、半分起きている、半分はこちらにいて、もう半分はあちらにある。だがそれが、自ら進んで陥ろうとしている身勝手な錯覚に過ぎないということも、わたしにはよくわかっている。わたしは睡ってなどいないし、このさき睡れる気もしていない。

だとしたら、このまま時間は流れていくのだろうか。もう若かりしころの自己記録も破ってしまった。不眠の世界記録は、わたしが生まれる十年以上も前にアメリカの高校生が達成した、二百六十四時間十二分、十一日間と十二分だそうである。わたしの三倍以上だ。上には上がいるものだ。わたしは今、このまま永遠に睡れないような気さえしているが、人類の記録を更新するまでには、まだまだ先は長い。逆に言うと、きっとそれよりずっと前にわたしは睡りに落ちることになるのだろう。あの武勇伝のクライマックスのように、前触れなしに昏倒して、からだ全体を痙攣させて、深く暗い睡りの淵に真っ逆さまに落ち込んでいくことになるのに違いない。そう考えるだけで、安らぎが訪れるような気がする。だからそれまでは、無理に睡ろうとはせず、こうして目覚めたままでいればいいのだ。やがて必ず睡りは向こうからやってくる。

しかしそれにしても、こんなに頭が混濁していても、青く発光するディスプレイの中に、わたしが書いた言葉、わたしが今、書きつつある文字は、刻々と記録されてゆく。なんと便利な機械だろうか。そう、つまりは、この文章が途切れたときが、わたしが睡り込んだ瞬間だ。

十日目

はじめに告白してしまおう。これを書いている今、前日つまり「九日目」から、また四年が過ぎている。

言いわけはするまい。わたしはあのあと、自分で言ったとおりにいきなり睡りこけてしまい、次に目が覚めたときには丸一日以上が経過していた。若かりしころの武勇伝と同じだ。つまり「十日目」がすっぽりと消失してしまったのだ。とんだ失態である。わたしはまたもや、やり直さなくてはならなくなった。だから、ふたたび四年待つことにした。長くはなかった。他にもいろいろ片付けなくてはならないことがあったし、ある意味で猶予を貰ったようなものだった。そしてこの四年のあいだに、いくつかの変化があった。

この四年間に起こった、もっとも大きな出来事といえば、何と言ってもY・Yが亡くなったことだろう。数日間、メールの返信がなく、電話にも出ないのを担当編集者が不審に思い、ひとり暮らしの家を訪ねてみると、老作家はベッドに臥して苦悶の表情を浮かべていた。すぐに救急車が呼ばれ、応急処置ののち精密検査を経て、Y・Yは何年も前に命拾いしたはずの病気の再発を告げられた。そのまま彼は入院し、そして今度は三ヶ月も経たないうちに逝ってしまった。

わたしと彼の「作戦会議」は一年ほど前から途絶えていた。Y・Yの召集が掛からなくなったのだが、わたしは老作家が何らかの理由でわたしと遊んでいる暇がないほど忙しくなったか、でなければわたしに飽きたのだろうと考えていた。ことによるといよいよ新作の脱稿が近いのかもしれないとも思った。最後に会ったときもY・Yはいつもと特に変わらぬ風だったので、わたしはしばらく彼の死が現実とは思えなかった。享年七十五。彼は成人式を迎えることはできなかった。

Y・Yは結局、第二長編を完成することはなかった。短編小説ともエッセイともつかぬものを幾つか発表しはしたが、『フォー・スリープレス・ナイト』に続く大作は、編集者の期待とは裏腹に、一部分でさえ発見されることはなかった。Y・Yが二作目を書き進めていたことは本人の口からたびたび語られていたので、彼自身の手によってどこかに隠されたか、あるいは破棄されたのかもしれなかった。創作メモの類いも一切見つからなかった。かわりに書斎のデスクの鍵付きの引出しから、未出版の多数の訳稿と『フォー・スリープレス・ナイト』のドイツ語の原稿が出てきた（なぜか英語版はなかった）。翻訳はどれも完成されていた。ライナー・マリア・リルケの撰詩集、アルフレート・デーブリーンの『王倫の三つの跳躍』と『山、海、そして巨人』、ハンス・エーリヒ・ノサックの『遅くとも十一月には』、アンナ・ゼーガースの『死んだ少女たちの遠足』と『死者はいつまでも若い』、インゲボルク・バッハマンの『マリーナ』、トーマス・ベルンハルトの『伐採』と『イマニュエル・カント』、そしてゾルダンヘッペの『ヘキセンプロゼッセ』だった。デーブリーンの『王倫』と、ノサック、ゼーガース、バッハマンは新訳、他は本邦初訳だった。じつにY・Yらしい趣味といえよう。これらは複数の版元から随時出版の予定で、すでにベルンハルトの『伐採』とゼーガースの二長編は世に出ている。『伐採』が最初になったのは、ポーランドの有名な演出家が、この小説を翻案した舞台が数年前に日本で上演されていたことも関係があるのかもしれない。著作権がどうなっているのかわたしは知らないが、『フォー・スリープレス・ナイト』の独語版『Für schlaflose Nacht』はドイツの小さな出版社から刊行されることになっているという。

さほど大きな扱いではなかったが、Y・Yの死後、彼の知られざる私生活を扱った記事が、ある週刊誌に掲載された。それによると、彼が二十二歳で結婚し数年で別れた最初の妻も、三十年後に再婚し、前よりは長く続いたがY・Yが六十代に入る頃には離婚していた二度目の妻も、ともにすでに故人だった。ひとり目の元妻は自殺で、ふたり目は事故死だったという。どちらの女性とのあいだにも、やはり子どもはなかった。思えば寂しい人生だ、とわたしは思った。ひとのことは言えないが。Y・Yは遺書を遺さなかったので、いよいよ本物の死に臨んだ彼が何を考えていたのかは誰にもわからない。もっとも本人にしてみれば、それは一度目のときにさんざん予行演習したということだったのかもしれない。文学関係に強い大手の書店では小規模ながら追悼のフェアが組まれ、Y・Yの代表的な訳書十数冊とともに『フォー・スリープレス・ナイト』が新しい帯とともに並べられ、新たな読者を獲得しているようだった。

Y・Yと最も近しい関係だった出版社が、『フォー・スリープレス・ナイト』以後に彼が書いた短い文章――「文と文」も含まれていた――を集めて一冊の書物として刊行した。その本は『睡らない文学者の肖像』と題されていたが、生前のY・Yはよくわたしに、僕は毎日毎晩、非常によく睡るんだよ、睡ってばかりいるんだ、と言っていた。年齢のせいばかりではなく、若い頃からそうなんだ。いつ寝てるんですか、とか、よほど睡眠時間が短いのじゃないですか、なんて言われたりすると、なんだか詐欺をしてるみたいな気がする。まともな人生、まともな生活を営んでいる人間なら、どうしたって時間を割かなくてはならない多くの事柄と、僕は結局、これまでずっと無縁に生きてきたから、そのぶん仕事のために時間を使うことができたというだけのことなんだ。多くのひとは気づいておらず、気づいたとしてもする気にはならないと思うが、いわゆる「人生」や「生活」や「家庭」を放棄さえすれば、僕がやってきたぐらいのことは、誰にだってできる。だからね、夜にはちゃんと睡る。僕は睡るのが大好きなんだ。こんなことを嘯いていたY・Yは、今ごろどこかで、大いなる睡りを貪っているというわけだ。

Mに返信してみようと思ったのは、メールが来なくなったからだった。JR常磐線の小さな駅である夜ノ森駅の駅舎が写った写真は、撮影ポジションを変えて三通連続で届けられた。そしてそれきりメールは送られてこなくなった。何年も続いた写真の旅も、これで終着駅に着いたということだろうか、とわたしは考えた。確かに思い起こしてみれば、わたしが一度も会うことのなかった母親は、福島県の出身だとMは言っていた。つまり父親の死後、Mは母方の実家に帰ったということなのかと思ったが、何も書かれていない以上、すべては憶測の域を出なかった。写真のみのメールがいつまでも届き続けていたならば、わたしはそのままやり過ごしていたかもしれない。だが始まったときと同じく、一方的な通信がとつぜん止んだことは気になった。それが彼女の作戦である可能性はきわめて高いとも思えたが、だんだんと、それならそれで受けて立とうという気持ちになってきたのだ。

躊躇はあったものの、わたしはごく短い返信を送ってみることにした。たくさんの写真をありがとう。ずっと返信しないでいてすまなかった。久しぶりです。元気ですか？　君は今、夜ノ森というところにいるのですか？　余計なことを書き始めたら絶対に長くなってしまうと思ったので、やたらとそっけない文面になってしまった。だが返事はあった。しかしそれはEメールではなく、数葉の便箋にしたためられた長い手紙だった。

前略。ここはとてもにぎやかです。と書いてみて、もうあなたの疑わしげな顔が見えるみたい。でも本当なの。ここはとてもにぎやかで、ときには騒がしいほど。といっても人間の数は多くない。東京に較べたらほとんど誰もいないと言ってもいいくらい。だけど、ここに住むひとたちはみな穏やかでひかえめで、それでいてとても人懐こい。おかげで母の病気はずいぶんよくなった。にぎやか、というのは植物たちのことです。最初に送った写真を覚えてる？　あの桜並木は夜ノ森駅（すごい素敵な名前でしょう！）を出てすぐ右手からずっと続いてて、どこまで進んでも終わらない。満開の時期は遠くから花見客が集まってきて、夜にはライトアップされて、屋台なんかも出たりする。それはそれでいいのだけれど、私としては、桜の樹の一本一本、花弁の一片一片が、勝手気侭に自分のことを話してるみたいな気がして、彼女たちのおしゃべりのさんざめく様子がなんとも愉快で、その声なき声に耳を傾けているだけで幸せな気分になれる。それから駅のホームや線路の両側にはたくさんのつつじが植えられているの。写真で見たでしょう。つつじたちも桜に負けず劣らずおしゃべり。ほんとうにあの子たちの陽気さといったら！

父が亡くなって、母はまた変になってしまった。ただねむらないだけじゃなく、ときどき幻覚みたいなものも出始めて、なにしろ今や母ひとり子ひとりなので、入院させるか母の実家に戻るかの二択を迫られることになった。戻るといっても私は一度も行ったことがなかったし、母だって十八歳まで住んでいただけで、その後は何十年ものあいだまったく帰っていなかった。母方の祖父母はとっくに死んでいて、年の離れた母の兄、私は会ったことがない、それどころかその存在さえ父の死後になってはじめて知った伯父が五十代で亡くなったあとは、伯父の奥さん、私の義理の伯母がひとりで実家に住んできた。だから母と伯母は血も繫がってないし、そもそも顔を合わせたことも数えるほどしかなくて、長年没交渉だったのだけど、父の葬儀に参列するために上京してきたのをきっかけに、うちの事情と独居老人の将来への心配がはからずも合致して、トントン拍子に福島行きが決まってしまったというわけなの。だから私は今、母と伯母と女三人で住んでいます。伯母はもうまもなく後期高齢者なのに至って潑剌としている。ずっとひとり暮らしだったからか家族が二人も増えて毎日が楽しいみたい。その影響もあって、母の調子もゆっくりとではあるけれど快方に向かってる。もう一時期のようにねむってると思ったらいきなり立ち上がって居ない誰かと話し始めるなんてことはなくなった。

私は結局、大学院をドロップアウトしちゃったけれど、自分なりに勉強は続けてます。いちおう論文だけは仕上げたいと思っていて、どこに発表するあてもないのだけど。あとは翻訳の下請けの仕事を回してもらったり、雑誌に無署名の小さな記事を書いたり、それに隣の駅のコンビニでパートもしてる。私がコンビニだなんて信じられる？　まあ、火曜と金曜の週二日だけなんだけど。遅過ぎた社会勉強というわけね。私の睡眠のコンディションは、ねむり過ぎとねむらなさ過ぎが交互にやってくる感じ、つまりあまり改善されてない。でもそれにも慣れてしまったという感じかな。あなたはどう？　ちゃんとねむれてますか？

こんなに久しぶりなのに、なんだか取りとめのない文章になってしまってるなあ。こうやってペンを握っていても、あなたにあれこれ話し掛けてた頃と似た感じになってしまう。そうそう、こんな風にあなたに手紙を出すことになるなんて思ってもいなかったから、とっておきの秘密を教えてあげる。結果としてあなたとの最後のデートになってしまったあの日、私はあなたにひとつ意地悪な嘘をついた。あなたがずっと覚えてて、私をナンパするきっかけになった、あの小学生のときの病院での話、あれはあなたの、いかにもあなたらしい勘違いと思い込みで、あのときの女の子はじつは私じゃなかった、と言いましたが、あれはほんとうはやっぱり私だったの。手の痣は生まれつきあった。私は恥ずかしくて仕方なかった。だからこそ、ああいう場所では平気な顔で他人の目に晒してた。あなたのことを覚えてなかったのは事実です。言われてもぜんぜん思い出せなかった。でもあの素敵なお医者さんと、いつもやたらと人がいた待合室は覚えてる。ちょうどあの頃、チェルノブイリの事故があって、あそこのテレビでもやっていた。ここから遠くない場所にもあるのよ、原発。

また話がそれちゃったけど、どうしてあんなことを言いたくなったのか、今となっては私にもよくわからない。あなたを全否定したかったのね、きっと。ともかく、あなたの記憶力は確かだった。あれは私だった。これからはそう思っていてください。

でも、そんなことよりもあなたは、とつぜん延々と送られてくるようになった写真だけのメールの意味？　というか狙い？　というか魂胆？　をぜひ知りたいと思っているのだと思います。もちろんそうよね。正直言って、これも私にはよくわからない。毎日何十枚も写真は撮っているの。こちらに来てからの習慣で、すごい数になってしまってるし、特に見直すこともないのだけど、あるときフォルダを整理していて、ふと、あなたに送ってみる気になった。ほんの出来心というか、ちょっとした悪戯を仕掛けるみたいな気持ちだった。たぶんあなたは返信しないと思ってたから、メールが来なくても問題はなかった。むしろ安心した。もしもあなたからすぐにメールが返ってきていたら、あれきりにしてしまってたかもしれない。あなたが無言であることに乗じて、私は自分なりのストーリーを綴るみたいに写真を一枚ずつ貼り付けては送信していった。あなたがぜんぜん見ていないということも考えたけれど、それならそれでも構わないと思っていた。でも駅に着いたらおしまいにしようと思っていたの。少なくとも途中からはそのつもりだった。だってそうでもしないと何かの理由で私がメールをできなくなるまで半永久的に送り続けてしまいそうだから、どこかにゴールを設定しておかなければいけないと思った。そうしたらいきなり返信が来て吃驚しちゃった。自分でも驚くほど狼狽してしまって、ちょうどパートの休憩時間だったのだけど、まだ二十歳そこそこなのに二人の子どもがいるパート仲間の百合ちゃんに心配された。元カレからメールが来たと言ってごまかしたけど。いや、ごまかしにはなってないか（ここは笑うところです）。

ともあれ、返信をありがとう。あなたが立派に生きていることは知っていたけれど、それでも個人的に生存の確認ができたことを嬉しく思います。ごきげんよう。M。

わたしは手紙を読んですぐにMにメールを送った。だが返信はなく、手紙も来なかった。そのまま、また時間が過ぎた。

ハンブルクはベルリンに次ぐドイツ第二の都市で、港町である。Nは街の中心部にあたるロッターバウム地区にキャンパスがある国立大学に籍を置いていた。以前はドイツ在住の国際的に知られる日本人作家が長年住んでいたが、彼女は数年前にベルリンに転居していた。わたしはNがその遠い新天地で、いとこのことも、わたしとのことも忘れて、有意義ですこやかな日々を送ってくれていることを願った。わたしは自分が彼女にとって急速に過去の存在になっていきつつある、あるいはすでにそうなっているのだろうと感じていた。だからNからの手紙が届いたときには少なからず驚かされた。それはわたしの仕事先の出版社にエアメールで送られてきたのだが、わたしには事情のわからない大きな会社ゆえの小さな不具合の連続によってわたしの直接の担当者に行き着くまでにやたらと時間がかかり、顔なじみの編集者から遅延を詫びるメモ書きとともに転送されてきた封筒を開いてみると、それはNがハンブルクに住むようになってまもなく書かれたもののようだった。

先輩、お元気ですか？　私は今、ドイツのハンブルクという町にいます。先輩がご存知かどうかわかりませんが（先輩のことだからきっと知っているのだろうと思うけれど）、あれから自分なりに考えた末、やはり私は学問の世界に復帰することにして、向こう数年間、もしかしたらそれ以上、ここの大学で研究に勤しむことにしたのです。留学なんて自分にはもうあり得ないことだと思っていたので、こうして現にここに住んでいる今もまだ信じられないような気がしています。正直、指導教授の先生から留学を強く勧められた時には躊躇がありました。遠い異国への不安だけじゃなく、なんだかまるで日本から逃げ出すみたいじゃないですか。だから悩みましたよ。一大決心でしたが、思い切って来てよかった！

ハンブルクはとても綺麗な町です。ドイツ、来たことありますか？　ここはドイツの北部で、もうすっかり寒いのだけど、日本とは空気の感触が全然違っていて、何ていうか、寒さに湿り気がない。曇り空が多いのに、陰鬱な感じはしない。運河があちこちを走っていて、遊覧船が行き来していて、観光地の顔もあるのだけど、それでいて落ち着いた雰囲気なの。私は大学や図書館に通う以外は出来るだけ散歩するようにしています。はやくここに慣れたいというのもあるけれど、まだ物珍しさが勝っているってことですね。でも一通り見てまわったら、それから段々とここは「私の町」になっていって、やがて東京にいた頃と変わらない感じになるのでしょうか。そうなった時のことが今はまだうまく想像できません。毎日が新鮮さに包まれているからか、妙に興奮して寝つかれないこともしばしばです。でもこれもやがては正常に戻るのだと思います。先輩はどうですか、睡眠のぐあいは?

先輩に手紙を出そうと思ったのは、私は元気です、と伝えたかったからです。私は元気になろうとしています。伯母をひとりにしてしまうのは気が引けたけれど、あそこにずっと住み続けるのは許されないことだと自分で判断しました。先輩は『緑色の部屋』という映画を知っていますか? ◯◯◯ちゃんが偏愛していたフランスの一時期を代表する監督が自作自演した作品で、ヘンリー・ジェイムズの幾つかの小説を巧みに組み合わせてシナリオが書かれています。その映画に、若くして亡くした妻の遺品や写真を集めた「緑色の部屋」にひっそりと住む男が出てくるのです。監督自身が主人公を演じてるのだけど、彼が時おり浮かべる表情が、演技力とはまた別の次元で、何とも言えず哀しげでありながら、どうもどこか満足げというか、したり顔というか、でも他人に対して装っているということではなく、悲嘆に沈む自分の顔を誰よりも彼自身が覗き込みたがっているような感じが、私にはしてしまったのです。そしてふと、もしかしたらそれは私自身にも当て嵌まることなのじゃないか、と思い至ったわけです。だからあそこにいるわけにはいかないと思った。

先輩は否定してくれたけど、私にはもちろん贖罪というつもりがありました。でも、あそこに住むということも、実は私の罪の続き、新たな罪だったのだと気づいたのです。つまり私は頭のどこかで、許されようとしていたのです。なんて自分勝手な、と思って、すごく恥ずかしくなった。今こうして書いていても、自分の甘さとあさはかさに憤然としてきます。

こんなことを先輩に書き送るのは明らかに間違ってますね。でも、このまま送ります。私は元気。そしてこれからもっと元気になるつもりです。先輩もお元気で。さようなら。Auf Wiedersehen!　N.

ドイツ、ハンブルク、緑色の部屋、とわたしは考えた。Nにメールを出してみたが、彼女のアドレスはすでに解約されていた。

ついに、やっとのことで、ここまで辿り着いた。辿り着いてしまった。小賢しい策を弄して何度も引き伸ばしをはかるのも、さすがに限界だ。これがミステリ小説なら、このへんで「読者への挑戦」が挿入されるところだろう。さて、今これを読んでいるみなさん、この謎めいた事件の真相を推理するために必要な手掛りは、ここまでの記述のなかにすべて与えられています。さて、犯人は誰でしょうか？　いったん本を閉じて、ご自身で推理してみてください。

なんて、もちろんこれはミステリではないし、犯人は最初から歴然としている。それはわたしだ。それに何度か念押ししておいたように、わたしはこれを複数形の「読者」に向けて書いてきたわけではない。わたしは未来の自分自身に読ませるために、ただそのためにだけ、ここまで言葉を紡いできたのだ。未来のわたし、つまり、あなたのことだ。今、わたしがこれを書いている今ではなく、あなたがこれを読んでいるその今、あなたはこれを読んで、何を思っているのだろうか。もうすでに、最初の五日分を、四年後のあなたであったわたしが読み、九日目までを、更に四年後のあなたであったわたしが読み、過去のあなたであったその時々のわたしが書き継いで、時には前に戻って、こっそり書き換えてもきた。この拙い文章を読み返しては、何ごとかを思い、何ごとかを考え、何とか続きを書いてきた。だがそれもあと、もう少しで終わりだ。

ああ、わたしはまた嘘をついた。わたしは嘘は書かないと誓いながら、もう何度も嘘を書いてしまっている。今日のはじめにわたしは、一日睡ってしまったので「やり直さなくてはならなくなった。だから、ふたたび四年待つことにした」と書いたが、それも嘘で、正しくは、一日睡ったことにしてしまえば、また四年は時間稼ぎができる、そう考えて、実際にそうした、ということなのだった。この先を書き進めるのが、あまりにもつらかった。それでも書かなくてはならないという思いと、いっそ全部放り出してしまいたいという思いがせめぎ合い、わたしはわたしの弱さと必死で闘わなくてはならなかった。

もちろん、これはわたしが自分で始めたことなのだから、ほんとうは何だって可能なのだ。何度中断しようが、やめてしまおうが、誰も困りはしないのだ。しかし、そうすることはできなかった。四年の猶予は、四年の期限ということでもあった。たまたまこれを書き出したのが、四年に一度しか経巡ってこない特別な日の翌日であったがゆえに、この猶予と期限が同時にわたしに与えられたのだ。四年は長くもあり、短くもあった。

だが、今度こそ覚悟を決めなくてはならない。

わたしはさっき、また嘘をついた。しかもこの嘘は、この文章の存在理由、なぜわたしはこんなものを書いてきたのか、書いているのか、ということにかかわっている。わたしは何度も、わたしはこれをあなたに読ませるために書いているのだと書いた。つい今しがたも書いたばかりだ。これは嘘ではない。だがしかし、残念ながらおそらく、あなたがこれを読むことはないだろう。もしもいま、あなたがこれを読んでいるのだとしたら、あなたは未来のわたしであるあなたではなく、わたしの知らないどこかの誰かであることだろう。あるいは、あなたなどどこにも存在していないかもしれない。わたしにはそれはわからないし、正直に言うならば、それはもう、まったくどうでもいいことなのだ。
しかもこのことは、そもそもの始まりから決まっていたことだった。なぜならわたしが自分でそう決めたのだから。ただ、気づかないふりをしてきたのだ。そうでもしないと、自分で自分を騙さないと、これを書き続けることは、これをやり遂げることは、到底できそうになかったから。

わたしはここでもう一度、今度は正真正銘の真剣勝負で、「読者への挑戦」をしてみたい。

問いはシンプルである。

これは何なのか？

この奇妙な書きものは、いったい何なのか？　あなたにはわかるだろうか。これが何なのか。ここにはほんとうのところ、何が書かれてあるのか。わたしは何をやっているのか。わたしは何をしようとしているのか。わたしはこれを書くことによって、何を成そうとしているのか。

またしても、もう何日も前から睡れていない。昨夜は蔵書の整理をした。積み上がったままだった文庫本や単行本を適当に分類しながら書棚に差していって、余ったものはデスクの奥やクローゼットの隙間に押し込んだ。それからわたしとしてはかなり丁寧に掃除をした。椅子の上に立って空間の上層部を見渡し、何年分かの埃や汚れを拭き払って、今度は床に這いつくばって部屋の隅々の小さな塵や紙屑をひとつひとつ除去していった。妙に咳が出て参ったが、時間はたっぷりあった。終わってから部屋を見渡してみたら、あまり変わり映えがしなくてがっかりしたが。まあ、単なる時間潰しなのだから、それでよいのだ。

それでは、解決編です。

Nの伯母を名乗る突然の電話が、ハンブルクで彼女の姪が自殺未遂を起こしたと伝えてきたのは、その年に入ってからひと月が過ぎた頃だった。どうやって入手したのか、Nは市販の睡眠導入剤を多量に摂取し、意識を失いそうになりながらベッドから立ち上がって何かを探そうとして、足がもつれて摑まろうとした戸棚を倒してしまった。その大きな音を不審に思った階下の住人（Nとは顔見知りの老嬢だった）がドアをノックしてみたが返事がない。深夜のことだったし、その晩も老嬢は階段ですれ違いざまにNにおやすみを言っていたので、少し迷ったものの念のために警察を呼ぶことにした。やってきた警官が合鍵を使ってNの部屋を開けてみたところ、そこに住む日本人女性は床に倒れていた。病院に運ばれたNは適切な処置を受けて程なく回復し、うっかり薬の量を間違えて呑んでしまったのだと弁解した。違法薬物ではないわけだし、本人もあくまで説明を変えず、老嬢をはじめとするアパートの住人や警察、病院に迷惑をかけたことをひたすら詫びるばかりだったので、結局それでお咎めなしということになったのだが、その一部始終を姪本人との国際電話で聞いた伯母は、これはもっと深刻な事態だと直観し、早まったことをしてはならない、できれば一度日本に帰ってきなさいと懇願したが、姪は私はぜんぜん大丈夫だからと言って取り合わなかった。

伯母がその一件を知ることになったのは、Nのドイツでの身元引き受け人であり、病院にもいちはやく駆けつけた大学関係者でハンブルク在住の日本人女性からの連絡によってだったが、その女性が言うには、昏睡状態にあったNは譫言で何度も或る名前を呼んだ、意識を取り戻した後、本人に尋ねてみたが、そんなことを言ってましたかと不思議そうな顔をするばかりで、それ以上は何も話そうとしなかった。その女性はNが口走っていた名前を伯母に伝えた。それはわたしの名前であり、伯母は姪が一時期交際していた年上の男のことを思い出した。そんなわけで、わたしは一度も顔を合わせたことのないNの伯母からの報せを受けたのだった。

彼女はわたしに、姪のところに見舞いに行ってくれないだろうかと依頼した。わたしは事情が事情なのでその場で断わることはしなかったが、考えておきますとだけ言って電話を切った。もちろんドイツに行こうとは思っていなかった。口には出さなかったが、Nだって、そんなことを望んでいるはずがないと思った。電話口の話しぶりだけでも品の良さがうかがえる見知らぬ年長の女性に、Nが名前を呼んでいたのはわたしだけだったのでしょうか、と尋ねてみたが、だからこうしてお電話したのです、という返事が返ってきただけだった。

Mから携帯に電話がかかってきていたことに、またしてもわたしは気づかなかった。前のときとは違って、今度の伝言は長かった。年が明けてまもない、ある火曜日のことだった。Mです。とつぜん電話しちゃってごめんなさい。今、パートの休憩時間で、いつもなら一緒にお弁当を食べてる百合ちゃんに、わけありの電話をしなきゃならないからってことわって、コンビニの隣にある駐車場の隅っこで、コンクリートブロックに腰掛けて電話しています。やっぱり留守電だったね。相変わらず忙しいのかな？　あのね、ご報告です。去年の九月に母が死にました。そして年末に、まだ二週間も経ってないのだけど、伯母も亡くなったの。あの二人はとっても仲良くなって、ここ一年はまるで本当の姉妹みたいだったから、どちらかが先に逝くと、もうひとりも生きる気力がなくなっちゃったのかな、と思いました。三ヶ月の間にお葬式が二度で、しかも二度目は私しかいないようなものだったから、いろいろと大変でした。でも、それももうひと通り終わった。というわけで、わたしは完全にひとりになってしまいました。今は毎日ぼんやりしています。あとね、最近また、ねむれないの。母は不眠も幻覚もほぼ完全になくなって、亡くなるときは幸福な気持ちだったと思う。ところが今度はまた私からねむりが奪われてしまった。これがね、かなり強力で、正直言ってかなりつらい。それに古くて大きな家にひとりきりで横になっていると、やっぱりさみしくなってくる。なんていうか、これはさすがに引き受けられないな、って感じ。だから春になったら、ここを引き払って東京に戻ろうかと考えています。まだわからないけれど、うまくいったら大学時代の恩師が仕事を紹介してくれるかもしれない。ここは好きだけど、やっぱりひとりで住めるところじゃない、百合ちゃん以外は友だちもいないし。何年も母のために生きてきたけれど、はからずも解放されたからには、新しい人生ってやつを考えてみてもいいのかな、なんて。これ、あなたにぜんぜん関係ないね。私は何を言っているのだろう。こうしてずっと話してたら、あなたが急に電話に出るんじゃないかって、さっきから少し期待してるんだけど、どうもそういうことはやっぱり起こらないみたいだから、もう切るね。いつも勝手なときに一方的な連絡ばかりでごめんなさい。じゃあ、元気でね。

考えてみると、Mの声を聞いたのは、ずいぶん久しぶりのことだった。だが彼女は昔とまったく変わっていないように思えた。狐の穴に落ち込んでしまったのだから、もう後戻りはできませんわねえ、と芝居がかって言っていた、あの声だ。

そして、あの日がやってきた。

あの日の朝、Dornröschen という文字列で始まる見知らぬアドレスから、一通のメールが届いていた。Dornröschen、つまり Sleeping Beauty のドイツ語のあとにNの誕生日を示す数字が続いていた。メールの文言はとても短かった。おやすみなさい。それだけだった。
わたしはすぐにそのアドレスに返信した。今すぐそこに向かうから、僕が行くまで睡らないで。
それからNの伯母に電話をした。留守電だった。これからハンブルクに行くということ、向こうの知り合いに至急連絡してNのアパートに向かわせて欲しいと吹き込む。そして急いで荷物をまとめて部屋を出た。エレベーターを待つ時間さえ惜しい。非常階段を駆け降りて、エントランスを走り抜けると国道に面している。信号が変わるのを待って向こう側に渡り、右に進んで最初の角を左に折れると下り坂が続いている。坂を降り切ったところに大きな銀杏の木がある。そこを右に折れる。シャッター街を抜けた左手に公園がある。その中を突っ切って大通りに出てタクシーを拾った。運転手に行き先を告げてからiPadを取り出し、航空便のチケットを予約する。なんとか午前中の便を取れた。駅に着いて電車に飛び乗り、二度乗り換えて、やっと空港に着く。すぐにチェックインする。出発ゲートで搭乗を待つあいだに、またDornröschenにメールをしてみる。返信は一度も来ていない。珍しく時間ちょうどに飛行機は離陸する、それでもわたしは焦ってしまう。計十四時間のフライトのあいだ、もちろん一睡もできない。チューリッヒ空港でのトランジットの時間もじりじりしている。何度メールを送っても返信はない。やっとハンブルク空港に着く。日本とドイツの時間差はマイナス八時間。まだ同じ日の夜だ。入国審査を済ませて、空港を出てタクシーを拾う。市内までは三十分ほどしかかからない。Nのアパートの住所はエアメールに記されていた。トルコ人のタクシー運転手は道に迷ったのか狭い路地をぐるぐる回り、わたしは彼を怒鳴りつけそうになってしまう。やっとその建物に着いた。もう遅い時間だというのに、入口の扉は開いたままになっている。わたしは階段を駆け上がった。暗い廊下には誰もいない。そして、わたしはNの部屋のドアを叩いた。

あの日の朝、Mから一通のメールが届いた。前のときと同じく、写真が一枚添付されているだけで、何も書かれていなかった。だが、以前とは違って、そこには人間の姿が写っていた。それはMだった。二ヶ月前にすごく久しぶりに声を聞いたばかりだったが、彼女の顔を見たのも、部屋を訪ねたあの日以来だ。十年近い歳月が過ぎているにもかかわらず、声と同じく、Mの容貌はほとんど変わっていないように見えた。だが、最後に会ったときの彼女、わたしの知っていた彼女の中でも最も痩せて見えた彼女よりも、今のMは更に痩せ細っていた。どうやらその写真は、仰向けに横になって、iPhoneを両手で掲げて、自分で自分を撮影したらしかった。アップになったMの顔は、いまにも睡りに落ちてしまいそうだった。無表情だったが、微かに笑んでいるようにも、澄ましているようにも思えた。開かれた眼は、わたしをまっすぐに見ていた。Mはとても美しかった。

わたしはMのアドレスにメールを送った。今からそこに向かう。待っていてほしい。そして部屋を出た。エレベーターで下に降り、エントランスを出ると国道に面している。向こう側に渡り、右に進んで最初の角を左に折れると下り坂だ。坂を降り切ると銀杏の木がある。そこを右に折れる。シャッター街を抜けると突き当たりの左手に公園がある。その中を突っ切って大通りに出てタクシーを拾った。二度乗り換えて上野駅に着く。いわき行きのスーパーひたち3号に乗る。いわきですぐに各駅停車に乗り換えて、草野、四ツ倉、久ノ浜、末続、広野、木戸、竜田、富岡、九つめの駅が夜ノ森。まだ午前中だ。Mの写真で見た風景。線路。駅舎。つつじの季節にはまだ早い。もちろん桜も咲いてはいない。手紙に住所は記されていた。駅から遠くなかったが、わたしは走った。思っていたよりもずっと小さな一軒家だった。今日は金曜だが、彼女はまだ家にいるだろうか。わたしはその家の呼び鈴を押した。

彼女はそこにいた。仰向けに寝たまま、わたしに気づくと、小さな声で何かを言った。わたしは彼女に近づき、まるでこの再会が大したことではないかのように、こともなげな仕草で腕組みをして枕元に座ると、いま何て言ったの、と上から覗き込むようにして聞いた。彼女は答えなかった。長く伸ばした髪を枕に敷いて、輪郭の柔らかな瓜実顔をその中に横たえている。真白な頬の底に温かい血の色が差して、唇の色は赤い。睡っていたの、と彼女は静かな声で言った。起こしてくれてありがとう。彼女は眼を開けて、わたしを見た。睡っていたようには見えなかった。潤んだ瞳で、長い睫毛に包まれた中は、ただ一面に真黒だった。その真黒な眸の奥に、わたしの姿が浮かんでいた。そうだよ、もう起きないと。よく睡ることも大事だけれど、睡ってばかりではいけない。いつまでも睡っていては、いけない。彼女は、でも、睡いんですもの、仕方がないわ、と言った。彼女は横になったまま微動だにしなかった。わたしも身じろぎひとつしなかった。あらゆるものが静止した空間の中で、声だけが響いていた。睡っているときは、半分目が覚めているみたいで、起きているときは、半分睡っているみたいなの。どうしたらいいのかな。どうもしなくていいんだよ、もう大丈夫なんだから、とわたしは言った。彼女は笑ったようだった。それは到底信じられないけど、でも信じてみてもいいのかもしれない。ねえ、陽が出るでしょう。それから陽が沈むでしょう。それからまた出るでしょう、そうしてまた沈むでしょう、太陽が東から西へ、東から西へと落ちていく、睡れないと、睡り過ぎると、時間が一日の単位ではなくなっていく、そういう感じ、わかるでしょう？　うん、わかるよ、よくわかる。わたしは自分の声が震えていることに気づいた。信じられないことにわたしは泣いていた。ずいぶん遅くなってしまって、ごめんなさい。彼女はまた小さく笑ったように見えた。そうね、確かに。なんだかまるで、百年も待っていたみたいな気がするわ。

そう言ったのは、Mだったのか、それともNだったのか。もちろんあなたはその答えを知っている。どちらでもなかった、というのが正解だ。このようなことは、何ひとつとして起こりはしなかった。そうではなく、ほんとうに起こったことはこうだった。

あの日、Mは、体調がひどく悪いのに無理をして出勤したパート先のコンビニエンスストアで、春が過ぎたら東京に遊びに来ることを約束していた百合ちゃんと一緒に、建物ごと津波に呑まれた。まだ遺体は見つかっていない。

あの日、Nは、ひとり住まいの小さな部屋のベッドで、二度目の、あるいは何度目かの永遠の入眠儀式を試みて、今度は成功した。枕元には、いとこの画集が置かれていた。彼女は何も書き残さなかった。わたしは葬儀を欠席した。

事実として起こったことは、こうだった。だからわたしが書いたことは、ぜんぶ嘘八百の作り話だ。いや、それを言うなら、この文書は、どこもかしこも嘘だらけだ。最初から最後まで、あちこちが嘘とつくり話に塗れた、恥知らずで不格好な代物だ。それは誰よりもわたしがいちばんよくわかっている。だからこそ、あの問いが意味を持つのだ。

これは何なのか?

わたしが今も、青く光る画面に一文字ずつ書き連ねているこの文章は、いったい何なのか。なぜわたしは、こんなおかしな文章を、長い時間と手間暇をかけて書いてきたのか、何度も中断しながらも、やめないで何とか書き継いできたのか、あなたにはわかるだろうか。わたしは、どうして、こんなものを書かなくてはならなかったのか。もちろんわたしは、その答えをここにわざわざ書くつもりはない。それはあまりにも野暮なことだし、恥の上塗りというものだろう。それに当然のことながら、あなたははじめからその答えを知っているのだし。

Mと呼ばれた女性、Nと呼ばれた女性は、アルファベットでMの次がNであるというごく単純な理由によって登場の順番があらかじめ定められていたわけだが、もちろんそれは彼女たちのファーストネームの頭文字でもある。二人の本当の名を、わたしはこの文章に何度かこっそりと忍ばせておいた。勘のよいあなたなら、ずいぶん前から勘づいていたかもしれない。しかし、じつを言えばわたしはまた嘘をついていた。実際にはNの次がMだったのだ。わたしは二人の順番を入れ替えた。逆さまにしたのだ。そうする必要がわたしにはあった。だが、わたしはその理由をここに書くつもりはないし、なぜ書かないのかの理由もここには書かない。

念のために書き添えておくが、Mも、Nも、物語の中にしかいない架空の登場人物などではなく、ちゃんと実在していた。彼女たちは、どちらも、この世界で、それぞれに、確かに生きていた。これだけは勘違いしないでいただきたい。

これも嘘かもしれない。彼女たち、ではなく、ほんとうは、彼女、だったのかもしれない。二人は一人だったのかもしれない。あの映画の女優のように。

いや、やはりそんなことはない。彼女たちは実在した。MとN、二人は居たのだ。あなたにはそう思っていてほしい。

だが、それを言うなら、ひょっとしたらあなたは、これを読み進めながらずっと、ひとつの看過しがたい疑問、この文章の成り立ちを根本から崩しかねない、あるひとつの疑いを抱いていたかもしれない。すなわち、Y・Yとは誰なのか。Y・Yに該当する人物、あのような特異な経歴と人格の元翻訳家の老作家など、いったいどこに存在したというのか、そんな男は見たことも聞いたこともない、あれこそお前がでっち上げた「登場人物」なんじゃないか、そうあなたは思っているかもしれない。
そんな当然の疑念に対して、わたしとしては、いや、Y・Yも確かに実在する、とだけ言っておきたい。何といってもY・Yこそが、これを書くことを、このみっともなく着飾った、だがわたしにとっては切実で重要な意味を持った長い長い文章を、書き始め、書き進め、書き終えることを促したのだから。もしも彼がいなかったら、卑怯者で弱虫のわたしには、これをやり抜くだけの勇気を振り絞ることはできなかっただろう。Y・Yという存在のおかげで、わたしは遂にようやく、最後の一日に辿り着くことができそうだ。

さあ、ほんとうに、これでもうあとわずかだ。残りはただ一日、つまり明日の分をもって、この文章は終わる。しかし実を言えば、最後の一日だけは、最初から決まっていたのだ。むしろこの書きものは、まわり道や踏み迷いを繰り返しつつ、ともかくもそこに向かって書き進められてきたのだった。わたしはまず、そもそもの始まりに、全編の終わり、文字通りの結末として、おもむろにその文を置いて、あとはひたすら、そこに至るまでの十日間を埋めてきたのである。それはたったひとつの文である。句点は一個。読点はなし。それは、ある作家の小説からの引用である。最初も引用で始めたのだから、これは趣向に適っているというものだろう。

それはいわば魔法の呪文である。全部をなかったことにできる、そこまでに綴られたすべてを、物語られたすべてを、すでに起こってしまったあらゆることを、何もかもなかったことにできてしまう、おそるべき呪文。わたしは、その魔法の効果を減じないために、呪文の核心となる一文字を、睡りをめぐる書きものであれば、ごく自然に何度となく記されていてもおかしくはない、あるひとつの文字を、この文章の中に、これまで一度も記さずにおいた。わたしは、その一文字が、それが示すものが、あたかもこの世に存在していないかのように、素知らぬ顔で、それをさりげなく無視することで、最後の最後に使うつもりでいる魔法を、ひた隠しにしてきたのだった。そのことに、あなたは気づいていただろうか?

その作家、ひそかに一度だけ名前を出しておいた、そのあまりにもよく知られた作家は、十日間から成る物語の幾つかを、同じ一文から始めている。わたしはそれを、この文章の末尾に、最後の最後に置く。それゆえに、わたしは彼の十日間の物語、その古ぼけた小説から、幾つかの部分を抜き出しては、順番を逆さまにして、自分の文章の中に埋め込んでいった。このことにも、あなたは気づいていただろうか。あまりにもあからさまで、気恥ずかしくなるような児戯に過ぎないが、こっちはそれでも必死だったのだ。

とまれ、楽屋裏の口上は、このくらいにしておこう。それに、さすがにもう時間切れだ。そろそろ睡らなくてはならない。

さあ、とうとうこれで完全に準備が整った。自分の弱さのせいで、思っていたよりはるかに長い時間がかかってしまったけれど、終わりよければすべてよしだ。ようやく今度こそほんとうに、わたしはよく睡ることができるだろう。思うさま貪ることにしよう、大いなる睡りを。

最後くらいは、誰かに声に出して言いたいのだが、残念ながら誰もいないので、あなたに言っておく。

おやすみなさい。

三月十一日

こんな夢を見た。

引用

安部公房「睡眠誘導術」
前田司郎「おやすみなさい」
レイモンド・チャンドラー『大いなる眠り』双葉十三郎訳
夏目漱石「夢十夜」

初出　「新潮」二〇二〇年四月号（新潮社）

佐々木敦（ささきあつし）＝一九六四年七月八日、愛知県名古屋市生まれ。

写真　かくたみほ
装幀・組版　佐々木暁

半睡

◎著者＝佐々木敦　◎発行者＝田島安江　◎発行所＝株式会社書肆《しょし》侃侃房《かんかんぼう》　〒八一〇・〇〇四一　福岡市中央区大名二ノ八ノ十八ノ五〇一　電話＝〇九二ノ七三五ノ二八〇二　FAX＝〇九二ノ七三五ノ二七九二　http://www.kankanbou.com　info@kankanbou.com　◎印刷・製本＝モリモト印刷株式会社　　◎ISBN978-4-86385-486-4　C0093　

二〇二一年十月六日　第一刷発行